FRANCESC MIRALLES
ÀLEX ROVIRA
DER STERNENFÄNGER

FRANCESC MIRALLES
ÀLEX ROVIRA

DER STERNEN FÄNGER

ROMAN ÜBER DIE KRAFT
DER LIEBE

Diederichs

DIE AUTOREN

Francesc Miralles, geb. 1968 in Barcelona, ist Journalist, Romanautor, Übersetzer und Musiker. Zahlreiche seiner Romane und Sachbücher sind internationale Bestseller.

Àlex Rovira ist ein anerkannter und erfolgreicher Sachbuchautor. Seine Bücher wurden in über vierzig Sprachen übersetzt.

Von Francesc Miralles und Àlex Rovira ist ebenso erschienen: *Einsteins Versprechen*
Von Francesc Miralles außerdem: *Samuel und die Liebe zu den kleinen Dingen*

Sollte diese Publikation Links auf Webseiten Dritter enthalten, so übernehmen wir für deren Inhalte keine Haftung, da wir uns diese nicht zu eigen machen, sondern lediglich auf deren Stand zum Zeitpunkt der Erstveröffentlichung verweisen.

Penguin Random House Verlagsgruppe FSC® N001967

Copyright © 2021 Diederichs Verlag, München,
in der Penguin Random House Verlagsgruppe GmbH,
Neumarkter Str. 28, 81673 München
© der deutschen Übersetzung 2013 by Ullstein Buchverlage GmbH, Berlin, erschienen im List Verlag
Umschlag: zero-media.net, München
Umschlagmotiv: © mauritius images / Ikon Images / Hannah Davies, mauritius nr. 07560141, ganze U1 (alles, außer Junge) und FinePic®, München, FinePic / Composing-Element (Junge)
Illustration auf S. 11 von www.buerosued.de nach einer Vorlage von Jesús Acevedo González
Satz: dtp im Verlag
Druck und Bindung: Friedrich Pustet GmbH & Co. KG, Regensburg
Printed in Germany
ISBN 978-3-424-35115-6
www.diederichs-verlag.de

 Dieses Buch ist auch als E-Book erhältlich.

Für Herminia Forján Diz,
die ein Herz voller Sterne hat.
ÀLEX ROVIRA CELMA

Für Niko,
einen neuen Stern am Firmament.
FRANCESC MIRALLES

*»Eines Tages, wenn wir Herr der Winde,
der Wellen, der Gezeiten und der Schwerkraft
geworden sind, werden wir uns die Kräfte
der Liebe nutzbar machen. Dann wird die
Menschheit zum zweiten Mal in der
Weltgeschichte das Feuer entdeckt haben.«*
TEILHARD DE CHARDIN

INHALT

1. Der Junge mit der Schere ... 13
2. Michel ... 17
3. Mondlicht ... 21
4. Herminia ... 25
5. Die Jungvermählten ... 31
6. Die vollkommene Liebe ... 35
7. Alles soll bleiben, wie es war ... 41
8. Der kleine Meister ... 49
9. Der Duft einer Rose ... 55
10. Die Geschichte des Soldaten ... 59
11. Die Dame und die Streuner ... 65

12. Ein Brief aus Indochina 71

13. Noch ein Tag 77

14. Die Bücherkur 81

15. Liebe in Flammen 87

16. Die Sterne und das Herz 93

17. Der zehnte Stern 97

Epilog 103

Hier endet diese Geschichte und
beginnt wieder von vorn 111

Nachwort von Àlex Rovira 113

1
DER JUNGE MIT DER SCHERE

1946 sollte ein großes Jahr werden. Doch der Winter weigerte sich hartnäckig zu gehen. Es war schon Mitte März, und immer noch lagen die Straßen von Selonsville unter Schnee. Die Menschen, die Krieg, Arbeitslosigkeit und Armut überlebt hatten, zitterten vor Kälte und sehnten einen Frühling herbei, der einfach nicht kommen wollte. Es war, als misstraute die Jahreszeit der Hoffnung dem französischen Städtchen, in dem seit fünf Jahren nur das Leid seine Blüten trieb.

Am Fuß der eisigen Alpen hasteten Frauen, Alte und Invalide durch die Straßen auf der Suche nach etwas Nahrhaftem, um sich die Knochen zu wärmen. Nur die Kinder schienen unbekümmert und lieferten sich jeden Tag nach der Schule wilde Schneeballschlachten.

Viel mehr gab es nicht zu tun für die Bewohner von Selonsville. Wenn sie nicht gerade damit beschäftigt waren, Nahrung und Kohle für ihre Öfen zu beschaffen, unterhielten sie sich über das, was sie im Zweiten Weltkrieg verloren hatten, über die jungen Männer, die die Stadt verlassen hatten, um sich der Résistance anzuschließen, und nie zurückgekehrt waren. Einige hatten auf dem Schlachtfeld den Tod gefunden, andere waren in Konzentrationslager verschleppt worden, und man hatte nie wieder von ihnen gehört. Und schließlich gab es noch all jene, die einfach verschwunden waren. Nachdem sie Eltern, Frauen und Kinder verlassen hatten, waren sie einem ungewissen Schicksal entgegengezogen, und ihre Spur hatte sich im Nebel des Krieges verloren.

In den Häusern standen ihre Fotos an einem Ehrenplatz, und die Familien betrachteten sie voller Sorge und träumten von einer wundersamen Wiederkehr. Manche Frauen zündeten allabendlich eine Kerze vor dem Bildnis des Verschollenen an, als wollten sie ihm zwischen den Trümmern der Katastrophe hindurch den Heimweg leuchten.

So verlief das Leben in der kleinen Stadt, in der von nichts als dem Krieg geredet wurde. Bis eines Tages eine merkwürdige Nachricht im Lokalteil der Zeitung neuen Gesprächsstoff bot. Seit einer Weile trieb jemand in Selonsville sein Unwesen, indem er den ohnehin schon geplagten Einwohnern die Kleider zerschnitt.

Das erste Opfer war ein Postbeamter, der mit einem deutlich sichtbaren Loch im Mantel nach Hause kam.

Jemand hatte ihm einen etwa handgroßen vierzackigen Stern hinten aus dem Wollstoff geschnitten. Wie hatte das bloß passieren können, ohne dass er es gemerkt hatte? Und wozu brauchte jemand einen Stofffetzen von so ungewöhnlicher Form?

Das zweite Opfer war ein pensionierter Buchhalter, der in seinem allerbesten Pullover ein sternförmiges Loch entdeckte, genau wie beim Postbeamten. Damit war der Pullover ruiniert.

Eine rätselhafte Geschichte.

Die Vorfälle beschränkten sich indes nicht auf die beiden Männer. Aus irgendeinem Grund hatte eine unsichtbare Hand es auf die gesamte Bevölkerung von Selonsville abgesehen, wo die Menschen nun um ihre wenigen warmen Kleidungsstücke bangten. Täglich wurde ein neuer Fall bekannt, und mit der Unruhe wuchs auch der allgemeine Ärger.

Man rätselte, wer der Urheber dieser frechen Streiche sein mochte. Einige behaupteten, sie hätten den Bösewicht gesehen. Sie beschrieben ihn als einen etwa neunjährigen Jungen in einem grauen, abgetragenen, bis zu den Füßen reichenden Mantel – vermutlich von einem älteren Familienmitglied geerbt – und mit einer Schere in der Hand.

Doch niemand wusste, wer er war, obwohl sich inzwischen halb Selonsville auf die Suche nach dem »Jungen mit der Schere« gemacht hatte, um ihn gebührend zu bestrafen.

In Wahrheit besaßen die Stoffsterne eine ganz besondere Bedeutung. Sie bildeten das Firmament, das die Nacht eines sehr traurigen Menschen erhellte. Dieser Mensch hatte die Augen vor dem Leben verschlossen und weigerte sich, sie wieder zu öffnen.

Alles hatte eine Woche zuvor begonnen, am kältesten Morgen jenes endlosen Winters …

2

MICHEL

Das städtische Waisenhaus von Selonsville bestand aus zwei L-förmigen Gebäuden einer ehemaligen Militärkaserne. Jeden Morgen liefen um die fünfzig Kinder unter der strengen Aufsicht von Monsieur Lafitte in den trostlosen Garten hinaus, in dem das gefrorene Unkraut schwarz aus der Erde stach.

Von der Außenwelt durch einen hohen Zaun getrennt, unterschied sich dieser Ort nicht allzu sehr von den Lagern, in denen die Eltern vieler Waisenkinder ihr Leben gelassen hatten.

Insgeheim hegten all diese Kinder die Hoffnung, eine Familie zu finden, die sie adoptieren würde, ein richtiges Zuhause fern der mürrischen Nonnen, die ihnen Tag für Tag das gleiche fade Essen vorsetzten und in den Schlafsälen streng darüber wachten, dass auch keines von ihnen nach neun Uhr einen Mucks von sich gab.

Alle außer Michel.

Niemand, nicht einmal Monsieur Lafitte, verstand, warum dieser Junge so glücklich war. Im Gegensatz zu den anderen Kindern, die den ganzen Tag betrübt umherschlichen oder grundlos Streit suchten, schien Michel das Waisenhausdasein nicht zu missfallen. Er war kurz nach seiner Geburt verlassen worden und hatte seine Eltern nie gekannt, vielleicht fand er sich deshalb so leicht damit ab, dass seine Welt an den Grenzen jenes kalten, öden Ortes endete. Seine Familie, das waren die anderen Kinder und die Nonnen des Heims. Selbst im Direktor sah er eine Art nörgelnden Großvater.

Obwohl er nicht gerade der Kräftigste war, genoss Michel unter seinen Heimgefährten erstaunlichen Respekt. Er blieb nicht nur von den Ohrfeigen und Hieben verschont, die die verfeindeten Banden sich täglich verabreichten, häufig zog ihn bei Rangeleien die eine oder andere Seite sogar als Vermittler heran. Bevor Monsieur Lafitte ein Streit zu Ohren kam, suchten die gegnerischen Parteien meist Michel auf, damit er für Frieden sorgte.

Mit gesundem Menschenverstand und kleinen Scherzen konnte er die Widersacher fast jedes Mal dazu bringen, einander die Hand zu reichen, sodass die Sache nicht weiter ausuferte.

Viele fragten sich, woher Michel die Lebensfreude nahm, die er rings um sich verbreitete. Schließlich hatten die Heimkinder keine eigenen Spielsachen, keine Verwandten, die sie besuchten, nicht einmal schöne Kleidung für den Sonntagsspaziergang. Ihre Tage verliefen eintönig, zwischen dem Speisesaal, wo es nach altem Fett, gebratenen Zwiebeln und Knoblauch roch, und dem zur Schule umfunktionierten Kasernengebäude, in dem die Lehrerin, auch sie eine Ordensschwester, die Kinder Tag für Tag mit endlosen Diktaten quälte.

»Später werdet ihr mal eine ordentliche Rechtschreibung brauchen«, mahnte sie, »und sei es nur, um euch bei der Müllabfuhr zu bewerben.«

Dabei war das noch eines der besten Schicksale, das die »Freigelassenen« – so nannte man die Kinder, die mit vierzehn das Waisenhaus verließen – erwartete. Die meisten von ihnen wurden dann irgendwo als Lehrling eingestellt und bekamen nichts weiter als eine warme Mahlzeit pro Tag und ein Dach über dem Kopf sowie ein kleines monatliches Taschengeld, das kaum für einen Kinobesuch reichte.

Vielleicht waren diese Aussicht und das Eingepferchtsein in Schlafsälen, in denen ein Dutzend Betten eng beieinander standen, die Gründe dafür, dass die Mädchen und Jungen des Waisenhauses so träge und missmutig waren.

Michel war anders, und nur er wusste, warum. Er besaß etwas, was den übrigen Kindern fehlte. Einen richtigen Schatz. Er war verliebt in ein Mädchen aus dem

Heim. Dieses Mädchen ahnte allerdings nichts davon. Es hieß Eri, was auf Japanisch »Mondlicht« bedeutet. Eri war, so vermutete man, die Tochter eines französischen Matrosen, der sie im Land der aufgehenden Sonne gezeugt hatte und sich, als ihre Mutter starb, nicht um sie hatte kümmern können.

Michel und Eri waren unzertrennlich. Seit sie ihre ersten Schritte getan hatten, sah man sie stets zusammen, was ihnen schon einige lästige Hänseleien eingebracht hatte. Mit den Jahren aber hatten sich die anderen Kinder so sehr an das Paar gewöhnt, dass sie sich eher wunderten, wenn die beiden mal nicht zusammen waren.

Normalerweise sah man sie plaudernd durch den kahlen Garten laufen, gemeinsam in der feuchten Bibliothek ein Buch lesen oder im Speisesaal einander gegenübersitzen.

Jeden Abend, bevor eine Glocke die Kinder zum Schlafengehen rief, trafen sie sich auf dem Dach der ehemaligen Kaserne, um nach Planeten und Sternbildern Ausschau zu halten.

Danach verabschiedeten sie sich mit einem Lächeln.

Doch die kälteste Nacht jenes Winters sollte anders sein als alle übrigen Nächte; denn nachdem Eri in ihrem Mädchenschlafsaal zu Bett gegangen war, schlief sie ein, um nicht mehr aufzuwachen.

3
MONDLICHT

Alle anderen Mädchen waren schon gewaschen und angezogen, nur Eri schlief noch fest. Um sie vor einer Bestrafung durch Monsieur Lafitte zu schützen, versuchte eines der Mädchen sie wachzurütteln. Doch merkwürdigerweise schien Eri so tief zu schlafen, dass die Stimmen ihrer Freundinnen nicht zu ihr durchdrangen.

Erschrocken riefen die Mädchen nach der Schwester, die sich um die Kranken kümmerte, doch auch ihr gelang es nicht, Eri wach zu bekommen. Nicht einmal ein Löffel Melissengeist, ein Mittel, das sonst Tote zum Leben erweckt, vermochte das Mädchen aus seiner seltsamen Ohnmacht zu befreien.

Michel schlug das Herz bis zum Hals, als er sah, wie sein »Mondlicht« auf einer Trage fortgebracht wurde. Als die Türen des Krankenwagens sich schlossen und das alte Gefährt losfuhr, rannte er mit Tränen in den Augen hinter dem Wagen her.

Er rannte und rannte, bis er völlig außer Atem das graue Gebäude am Stadtrand von Selonsville erreichte. Das städtische Krankenhaus war ein düsterer Ort. Hier hatten viele Kriegsverwundete ihr Leben ausgehaucht, umgeben von ihren Lieben.

Neben seinen Gefährten aus dem Waisenhaus war Eri Michels ganze Familie, deshalb zitterten ihm die Beine, als er die Treppe hinaufstieg. Dafür, dass er das Heim unerlaubt verlassen hatte, erwartete ihn eine saftige Strafe, aber das war nicht der Grund für die Kälte, die ihm bis ins Innerste gekrochen war.

Im zweiten Stock zeigte eine Krankenschwester mit gleichgültiger Miene auf das Ende des Flures. Vor der letzten Tür standen zwei Ärzte, die sich leise und ernst unterhielten.

Michel lief auf sie zu, das Schlimmste befürchtend. Als er ins Krankenzimmer schlüpfen wollte, versperrte einer der Ärzte ihm den Weg.

»Besucher sind nicht erlaubt«, sagte er streng.

»Ich muss unbedingt wissen, wie es Eri geht«, flehte Michel.

»Sie lebt.«

Der zweite Arzt entfernte sich, damit sein Kollege unter vier Augen mit dem einzigen Menschen sprechen konnte, der sich bisher für die junge Patientin zu interessieren schien. Als Michel seine Freundin im Bett liegen sah, den Kopf in einem dicken Kissen versunken, beruhigte er sich ein wenig.

Doch auf dem Gesicht des Mädchens lag nicht der Ausdruck von friedlichem Schlaf. Alles Leben schien aus dem zarten, zerbrechlichen Körper gewichen zu sein. Durch mehrere Kabel war er mit einem Apparat verbunden, der leise vor sich hin summte.

»Was hat sie?«, fragte der Junge besorgt. »Wann wird sie wieder gesund?«

»Das wissen wir nicht. Unsere Untersuchungen haben noch nichts ...«

»Wenn sie wach wird«, unterbrach Michel den Arzt, »können Sie sie doch fragen, was ihr wehtut, damit man sie heilen kann.«

Der Arzt legte dem Jungen seine große Hand auf die Schulter, bevor er mit leiser Stimme erwiderte:

»Das ist ja das Problem. Wir wissen nicht, ob sie aufwachen wird. Viel Hoffnung besteht nicht.« Michel spürte, wie etwas in ihm zerbrach. »Deine Freundin ist aus unerklärlichen Gründen ins Koma gefallen«, setzte der Mann seine Diagnose fort. »Wir haben sie eingehend untersucht, konnten aber keine Anzeichen für einen heftigen Schlag feststellen, der ihren Zustand erklären würde. Mein Kollege glaubt, dass sie womöglich an einer unerkannten Herzkrankheit leidet.«

»Wollen Sie damit sagen, dass Eri nie mehr aufwacht?«,

fragte Michel mit Tränen in den Augen. »Muss sie ... sterben?«

Die Miene des Arztes wurde ernst, und er zuckte mit den Schultern. Er wusste keine Antwort, und man sah, wie unwohl ihm dabei zumute war.

4
HERMINIA

Tief betrübt irrte Michel durch die verschneiten Straßen. Dass man sich im Waisenhaus bestimmt schon Sorgen um ihn machte, kümmerte ihn nicht.

Er hatte sich leer geweint und suchte nun verzweifelt nach irgendeinem Rat, wie Eri zu helfen wäre.

In der städtischen Bibliothek wälzte er medizinische Fachbücher. Dann bat er einen Apotheker und einen Heilpraktiker um Medikamente, obwohl er nur einen Franc in der Tasche hatte. Sogar eine Gruppe Krankenschwestern, die gerade zu einem Genesungsheim für Kriegsversehrte unterwegs waren, sprach er an.

Keiner konnte ihm sagen, was er machen sollte.

Sobald das Wort »Koma« fiel, setzten alle eine mitleidige Miene auf, die zu sagen schien, dass seine Freundin eine Reise ohne Wiederkehr angetreten hatte. Eri würde weiter und weiter schlafen, bis ihr krankes Herz zu schlagen aufhörte.

Der Erschöpfung nahe, flüchtete Michel sich vor dem Schneegeriesel in einen dunklen Säulengang. Er war so traurig und verzweifelt, dass er beinahe auf jemanden getreten wäre, eine ärmliche alte Frau, die in eine Decke gehüllt auf dem Boden saß und zitterte.

»In Gottes Namen«, flehte sie mit gebrochener Stimme, »kannst du mir ein Stückchen Brot besorgen?«

Der Junge blickte zu ihr hinunter. Unter der klammen, schmuddeligen Decke ahnte er ein Knochengestell, das schon bald die letzte Ruhe im Armengrab finden würde. Zerknirscht zog er seine einzige Münze aus der Hosentasche und reichte sie der Bettlerin.

»Ein Franc!«, rief sie, und ihr wollten schier die Augen übergehen.

Michel war schon im Begriff weiterzugehen, da hielt die Alte, die rasch die Münze eingesteckt hatte, ihn mit ihren dürren, zittrigen Händen zurück.

»Davon kann ich eine ganze Woche lang essen«, sagte sie. »Brauchst du vielleicht Hilfe? Du siehst so traurig aus.«

»Das bin ich auch. Heute ist der traurigste Tag in meinem ganzen Leben. Aber Sie können mir nicht helfen, gute Frau.«

»Wie kannst du dir da so sicher sein? Du weißt ja gar nicht, wer ich bin. Ich fange mal mit meinem Namen an: Ich heiße Herminia. Komm, setz dich zu mir, liebes Kind.«

Da er die Alte nicht kränken wollte, kauerte Michel sich neben sie und ließ zu, dass sie ihre alte Decke auch um ihn legte. Er nannte ebenfalls seinen Namen und erzählte ihr dann in allen Einzelheiten, was sich an diesem Morgen zugetragen hatte, nachdem seine Freundin nicht aufgewacht war.

Herminia lauschte, nickte von Zeit zu Zeit wortlos und wartete, bis er fertig war. Dann sagte sie mit sanfter Stimme:

»Dieser Quacksalber hat nur teilweise recht. Deine Freundin Eri mag ein krankes Herz haben, aber ihr Leiden lässt sich nicht im Krankenhaus heilen.«

»Ja, mir hat man auch gesagt, dass es nicht viel Hoffnung gibt«, pflichtete Michel ihr traurig und resigniert bei.

»Welcher Dummkopf hat denn das behauptet? Solange man etwas vom Leben erwartet, gibt es immer Hoffnung! Ich meinte nur, dass ihr Herz keine Krankenhausbehandlung braucht, sondern etwas anderes. Genauer gesagt, braucht es neun Dinge.«

Erstaunt sah Michel die Bettlerin an, die plötzlich energisch und bestimmt auf ihn einredete:

»Eris Herz ist krank, weil sie zu wenig Liebe bekommen hat, seit sie im Waisenhaus lebt.«

»Und was kann ich tun, um ihr zu helfen?«

Die Alte atmete tief und geräuschvoll ein, als hole sie

eine alte, vom Schnee der Zeit verschüttete Lehre in sich hervor.

»Deiner Freundin kann mit einem Mittel geholfen werden, das mir einmal ein Heiler verraten hat. Dieser Mann hat in meinem Heimatdorf in Südamerika, weit, weit weg von hier, wahre Wunder vollbracht. Es ist nicht ganz einfach …«

»Das ist mir egal«, antwortete Michel, bereit, sich an jede Hoffnung zu klammern, so klein sie auch sein mochte. »Ich tue alles, um dieses Mittel zu finden. Aber Sie haben von neun Dingen gesprochen …«

»Ganz richtig. Um den Mangel an Liebe zu heilen, muss man ein Herz aus genauso vielen Sternen nähen.«

Verständnislos blickte der Junge die alte Frau an. Sie lächelte.

»Dieses Mittel hilft immer«, erklärte sie. »Du musst in Selonsville neun Menschen finden, die Beispiele für neun verschiedene Arten von Liebe sind. Dafür hast du zehn Tage Zeit. Doch jetzt kommt das Schwierigste: Jedem von ihnen musst du aus einem seiner Kleidungsstücke einen Stern ausschneiden, ohne dass er es merkt. Wenn du die neun Stoffsterne beisammen hast, bringst du sie mir, und ich nähe daraus ein Herz. Damit gehst du zu Eri.«

»Und davon wird sie gesund?«

»Nun …«, sagte die Alte und sah ihn geheimnisvoll an, bevor sie weitersprach, »wenn du dieses Herz erst einmal hast, fehlt in der Tat noch etwas ... Ein geheimer Stern sozusagen, die Nummer zehn, der Stern, der dafür sorgt, dass die anderen neun ihre Wirkung entfalten.«

»Und wo finde ich diesen Stern?«

»Wenn du entdeckt hast, was für dieses Herz notwendig ist, musst du selbst herausfinden, worin das letzte Geheimnis der Liebe besteht, mit dem sich alles heilen lässt.«

5

DIE JUNGVERMÄHLTEN

Nachdem er einen ganzen Tag damit verbracht hatte, seine Strafe zu verbüßen, verließ Michel am Dienstagnachmittag mit einer Schere in der Tasche das Waisenhaus.

Der Winter hielt sich hartnäckig, doch Michel spürte die Kälte kaum noch. Er hatte jetzt eine Aufgabe. So verrückt die Medizin der alten Heilerin ihm auch vorkam, er war bereit, zu tun, was Herminia ihm aufgetragen hatte, und ihr die neun Sterne zu bringen, damit das Herz seiner Freundin erwachte.

Er hatte neun Tage Zeit, um die neun verschiedenen Arten der Liebe zu finden. Danach würde nur noch ein Stern fehlen, das große Herzensgeheimnis. Aber darum würde er sich kümmern, wenn es so weit war. Einstweilen hatte er eine mühsame und nicht ungefährliche Mission vor sich.

Während der vier Stunden, die er außerhalb des Waisenhauses verbringen durfte, lief er durch die Straßen auf der Suche nach der ersten Liebesart, die ihm in den Sinn gekommen war: die der Liebesfilme.

Im Waisenhaus hatte er ein paarmal solche Filme gesehen, bei denen den Mädchen jedes Mal die Röte in die Wangen gestiegen war, während die Jungs bei den leidenschaftlichen Szenen, mit denen sie noch nichts anfangen konnten, losgepfiffen hatten.

In diesem Nachkriegsmärz aber sah man kaum Liebespaare in den Straßen von Selonsville. Die Leute schienen viel zu sehr damit beschäftigt, Arbeit zu suchen, ihre verwundeten Verwandten zu pflegen oder ganz einfach vor der Kälte zu flüchten.

Erst als Michel am Grand Café vorbeikam, sah er hinter der Glasscheibe eine Szene, die ihn an einen Liebesfilm erinnerte. Dort saß ein junges Paar, fein gekleidet, die Frau sorgfältig geschminkt. Sicher waren es zwei Jungvermählte, die ihre Flitterwochen hier in den Alpen verbrachten, dachte Michel und beobachtete durchs Fenster, wie der Kellner sie bediente. Vor der Frau stellte er eine Tasse Kakao ab, der Mann bekam ein Glas Cognac und zückte sogleich mit stolzer Miene sein Portemonnaie.

Während die beiden sich unterhielten, umschlangen ihre Hände einander, doch die Art, wie sie es taten, zeugte von einem angespannten Gespräch, das der Junge allerdings nicht hören konnte.

Auf seinem eisigen Beobachtungsposten fragte sich Michel, wie er es bloß anstellen sollte, aus dem Kleid der Braut einen Stern auszuschneiden; denn der Mann machte ihm Angst. Aber noch bevor ihm etwas eingefallen war, kippte der Mann seinen Cognac hinunter und sprang wütend auf.

Da der junge Spion kein Wort verstehen konnte, musste er sich auch den Rest der Szene wie einen Stummfilm anschauen. Die Braut stand auf, ohne ihren Kakao angerührt zu haben, und faltete die Hände, als bäte sie um Verzeihung für etwas, das sie gesagt hatte. Ihr Begleiter aber schien außer sich, schob sie mit dem Ellbogen beiseite und bahnte sich zwischen den besetzten Tischen hindurch einen Weg zur Tür.

Da hab ich mich wohl ganz schön vertan, dachte Michel. Die beiden waren kein Beispiel für romantische Liebe.

Nachdem sie das Lokal überstürzt verlassen hatten, merkte der Junge plötzlich, wie hungrig und verfroren er war. Er sah den Kakao, der noch auf dem Tisch stand, und fand es furchtbar schade, dass er gleich weggeschüttet werden würde.

Also betrat er, um etwas Wärme in den Magen – und in die Seele – zu bekommen, ungeniert das Grand Café und setzte sich wie ein ganz normaler Gast an den frei gewordenen Tisch. Das Lokal war so voll, dass er hoffte, nicht weiter aufzufallen, doch da sah er, wie der dicke Koch ihm wohlwollend zuzwinkerte.

Er kannte diesen Mann, weil er jedes Jahr das Weihnachtsessen für das Waisenhaus zubereitete. Der Koch war ein fröhlicher, gutherziger Mensch, obwohl er zuweilen seine Küchenhelfer anbrüllte, wenn die seine Anweisungen nicht genauestens befolgten.

Michel wärmte seine Hände an der Tasse Kakao und schaute sich neugierig die übrigen Gäste an. Da sah er sie.

Das war wirklich ein ungewöhnliches Paar …

6
DIE VOLLKOMMENE LIEBE

Ein so ungleiches Paar hatte er in seinem neunjährigen Leben noch nie gesehen. Mann und Frau schienen beide um die dreißig zu sein, aber schon ein Blick aus den Augenwinkeln verriet Michel, was sie unterschied.

Die Frau war furchtbar hässlich. Ihr Gesicht, womöglich durch eine angeborene Krankheit oder einen Unfall entstellt, sah geradezu grotesk aus. Eines ihrer Lider hing viel stärker herab als das andere, sie hatte eine große Hakennase, und der Mund mit den fadendünnen Lippen verzog sich bei jedem Lächeln zu einem Strich. Ihr Kinn stach hervor wie das der Hexen aus den Filmen. Eine stumpfe, granitfarbene Haut rundete das Bild ab.

Michel hatte sich daran gewöhnt, in seinem Provinzstädtchen Behinderte aller Art zu sehen, und normalerweise fiel es ihm nicht schwer, an jedem Menschen, der ihm begegnete, etwas Angenehmes zu entdecken. Aber diese Frau war wirklich besonders hässlich und alles andere als anziehend, er konnte einfach nichts Schönes an ihr erkennen.

Der Mann dagegen, der sie liebkoste und ihr zärtliche Worte ins Ohr flüsterte, sah auffallend stattlich aus. Zwar saß er mit dem Rücken zu Michel, doch sein athletischer Körper und sein onduliertes, glänzendes Haar verliehen ihm auch von hinten etwas beinahe Fürstliches.

Michel fiel auf, dass viele Männer und Frauen im Lokal verwundert zu den beiden Verliebten herüberschauten, die pausenlos lachten und einander streichelten.

Unberührt von den neugierigen Blicken ringsum, genoss das Paar sein inniges Beisammensein. Nachdem der Kellner den beiden Wein serviert hatte, prostete der Dandy seiner Verehrten zu und küsste sie. Ihre schiefen, gelblichen Zähne schienen ihn nicht zu stören. Dann strich er ihr zärtlich über die glanzlose Wange.

Zum ersten Mal seit dem vergangenen Morgen erlebte Michel etwas Ähnliches wie Glück. Er fragte sich, wer diese abgrundtief hässliche Frau sein mochte, dass ein so gut aussehender Herr ihr so viel Aufmerksamkeit schenkte.

In seiner kindlichen Fantasie malte er sich aus, dass es sich vielleicht um eine große Pianistin handelte, die einem Musikliebhaber den Kopf verdreht hatte, oder um eine Forscherin, der man demnächst den Nobelpreis für Physik verleihen würde und die in der Welt der Wissenschaft von allen bewundert wurde.

Während er so herumrätselte, beobachtete Michel, wie das Paar bezahlte und sich anschickte zu gehen. Die Dame stand auf, und ihr Begleiter half ihr galant in den Mantel. Dann nahm sie ihre Handtasche und griff nach einem Stock, den sie dem Dandy mit liebevoller Geste reichte.

Es war ein weißer Stock.

Damit bahnte der schmucke Herr sich seinen Weg durchs Café Richtung Ausgang, wobei er hier und dort Stühle oder Tische streifte. Er war blind – wie die wahre Liebe.

Seine Begleiterin öffnete ihm lächelnd die Tür, und bevor beide in die Kälte hinaustraten, gab sie ihm einen zärtlichen Kuss.

Da wusste Michel, dass er gefunden hatte, was er suchte. Eine vollkommenere Liebe konnte er sich nicht vorstellen.

Er tastete in seiner Tasche nach der Schere und beschloss, den beiden zu folgen. Die erstbeste Unachtsamkeit der Frau würde er dazu nutzen, einen Stern aus dem eleganten Mantel ihres Begleiters zu schneiden, was sicher nicht sehr schwer sein würde.

Doch als er hinter den beiden das Lokal verlassen wollte, hielt der dicke Koch, der gerade mit einem Sack Kartoffeln von draußen hereinkam, ihn an der Tür auf.

»Die hat in diesem blinden Postbeamten ihren Traumprinzen gefunden«, sagte er, als er bemerkte, wie der Junge dem Paar hinterherstarrte. »Und er in ihr seine Märchenprinzessin.«

»Bestimmt, weil er sie nicht sehen kann«, meinte Michel.

Der Koch lachte auf.

»Man merkt, dass du keine Ahnung von der Liebe hast«, sagte er. »Weißt du nicht, was der arme Saint-Exupéry geschrieben hat, dieser Schriftsteller, der vor zwei Jahren mit seinem kleinen Flugzeug abgestürzt ist? Das Wesentliche ist für die Augen unsichtbar. Wir alle sind Prinzen und Prinzessinnen, bis unser Partner uns in einen Frosch verwandelt. Merk dir das, wenn du dir mal ein Mädchen aussuchst: Von dir hängt es ab, ob es sich wie eine Prinzessin fühlt oder wie ein Frosch.«

Michel dachte an Eri und daran, wie sehr er sich das Mädchen als seine Prinzessin wünschte. Falls es unbedingt sein müsste, wäre er sogar bereit, ab und zu wie ein Frosch herumzuhüpfen, um Eri zum Lachen zu bringen.

»In jedem von uns steckt ein Märchenprinz oder eine Märchenprinzessin«, meinte der Koch, bevor er den Jungen gehen ließ. »Das ist das Geheimnis der Anziehungskraft: Wenn man sich selbst nicht liebt, weil man sich für einen Frosch hält, wird einen auch keine Prinzessin lieben. Oder anders gesagt: Wenn du dich nicht in das Leben verliebst, verliebt das Leben sich auch nicht in dich.«

Michel bedankte sich rasch für diese weisen Worte und rannte hinter dem Paar her. Verblüfft schaute der Koch ihm nach.

I.
Das Geheimnis
der romantischen Liebe

Wenn du dich nicht in das Leben verliebst,
verliebt das Leben sich auch nicht in dich.

7
ALLES SOLL BLEIBEN, WIE ES WAR

Nach der Mittagspause grübelte Michel über die Aufgabe nach, die ihm gestellt worden war. Am Himmel zogen bedrohliche Wolken auf und ein eisiger Wind pfiff durch die Straßen von Selonsville. Bald bedeckte eine wässrige Schneeschicht die Straßen, und für die wenigen Fußgänger, die sich jetzt noch hinauswagten, wurde jeder Schritt zu einer gefährlichen Rutschpartie.

Noch dauerte es einige Stunden, bis es drei war und die Heimkinder – außer denen, die gerade eine Strafe abbüßen mussten – für vier Stunden Ausgang hatten, bis zum Abendessen.

Michel überlegte, nach welchen anderen Arten der Liebe er suchen sollte.

Während die Lehrerin die Konjugationen der Verben auf -ir an die Tafel schrieb, schweifte sein Blick zum Fenster. Auf der anderen Straßenseite, den kastenförmigen

Kasernenbauten des Heims gegenüber, stand ein kleines, solide gebautes Haus inmitten eines gepflegten Gartens. Dieses Häuschen hatte Michel schon immer interessiert.

Dort wohnte der Buchhalter Antoine Lagrange, der vor zwanzig Jahren Witwer geworden war und seither allein lebte. Er war pensioniert, aber immer mit irgendetwas beschäftigt. Wenn er nicht gerade die Bäume in seinem Garten beschnitt, sah man ihn eine undichte Stelle am Dach reparieren oder die Haustür streichen.

Es wurde erzählt, Lagrange habe seine Frau tief und innig geliebt. Deshalb habe er wohl auch, obwohl er nicht arm war, nie wieder geheiratet.

Vielleicht konnte dieser Witwer ihm von anderen Arten der Liebe erzählen, dachte Michel, während er in seiner Tasche beschämt nach dem Stoffstück aus dem Mantel des Blinden tastete.

Bevor er auf die Jagd nach seinem zweiten Stern ging, nahm er sich vor, nach erledigter Mission jedes seiner Opfer aufzusuchen, um sich bei allen zu entschuldigen und ihnen etwas zu schenken.

Beflügelt von dieser Idee, klingelte er kurz nach dem Ende der letzten Unterrichtsstunde bei dem Witwer an der Tür.

Der alte Buchhalter öffnete ihm in tadellosem Aufzug. Obwohl er so gut wie nie Besuch empfing, wirkte er mit seiner akkurat geknoteten Seidenkrawatte, den Bügelfalten in der Hose und den gewienerten Schuhen wie ein Mann von Welt, einer, der den Umgang mit anderen Menschen gewohnt ist.

»Guten Tag, Monsieur …«

»Nenn mich ruhig Antoine«, unterbrach ihn Lagrange. »Komm rein, ich habe gerade Kaffee gemacht.«

Höchst verwundert darüber, dass der Buchhalter, der ihn doch nur vom Sehen kannte, ihn so freundlich empfing, folgte Michel ihm ins Haus. Er staunte, wie hübsch und ordentlich es überall aussah. Das Innere des Hauses stand seinem gepflegten Äußeren und dem Garten in nichts nach.

Die Glasscheiben der Bilderrahmen, in denen vor allem Fotos von Antoines Frau steckten, glänzten, kein einziges Staubkörnchen war zu sehen. Der Boden war gebohnert und gewachst, und der Esstisch erstrahlte geradezu festlich. Auf der edlen Leinentischdecke stand zwischen zwei zarten Porzellantassen ein brennender Kerzenleuchter.

Als Antoine die Tässchen füllte, konnte der Junge es sich nicht verkneifen, ihn zu fragen:

»Erwarten Sie … jemanden?«

»Dich habe ich erwartet. Ich freue mich, dass du gekommen bist!«

Er lachte leise und lud seinen Gast mit einer Handbewegung ein, am Tisch Platz zu nehmen.

Bevor er sich Michel gegenüber hinsetzte, legte der Buchhalter im brennenden Kamin Holz nach. Sekundenlang war nur das wohlige Knistern der Scheite zu hören. Michel seufzte, dann blickte er sich neugierig in dem gemütlichen Wohnzimmer um. An der Wand gegenüber dem Kamin stand eine Vase mit frischen Blumen auf einem Klavier.

Der Deckel des Instruments war hochgeklappt, so als wäre erst kürzlich darauf gespielt worden.

»Üben Sie Klavier?«, fragte Michel, um die Stille zu durchbrechen.

»Ich spiele nur, damit die Tasten nicht einstauben. Ich bin nämlich ganz unmusikalisch, obwohl ich gerne Musik höre. Meine Frau dagegen konnte alle Nocturnes von Chopin auswendig spielen.«

Michel dachte bei sich, dass die sorgfältige Pflege, von der alle Dinge im Raum zeugten, wohl auf Antoines Wunsch zurückzuführen war, alles möge genauso bleiben wie zu Lebzeiten seiner Frau. Und dass die Tasse, aus der er jetzt Kaffee trank, sicher für sie auf dem Tisch stand.

Monsieur Lagrange hatte vermutlich beschlossen, zwei Leben zu leben: sein eigenes und das seiner toten Frau.

Die ruhige Stimme des Gastgebers riss den Jungen aus seinen Gedanken.

»Und was verschafft mir das Vergnügen deines Besuchs?«

»Sie finden es bestimmt komisch«, erwiderte Michel geradeheraus, »aber man hat mich beauftragt, nach den neun Arten der Liebe zu suchen, und … ich dachte, Sie könnten mir vielleicht dabei helfen.«

Antoine rührte mit dem Kaffeelöffel in seiner Tasse und dachte laut nach.

»Neun Arten …«, sagte er. »Wie viele hast du denn schon?«

»Nur die romantische Liebe«, gestand Michel verlegen.

Der Gastgeber nickte schweigend und kniff die Augen zusammen, als versuchte er, sich an etwas Vergessenes zu erinnern.

»Romantisch ist es am Anfang«, sagte er schließlich. »Wir alle verlieben uns ja irgendwann mal. Manche sogar mehrmals. Aber von dieser ersten in die zweite Phase zu wechseln, das verlangt ein gewisses Geschick«, ergänzte er mit einem Augenzwinkern.

»Was ist denn die zweite Phase?«

»Die dauerhafte Liebe. Sie ist wertvoller als die romantische Liebe, weil sie die Prüfung der Zeit bestanden hat. Ich selbst bin ein Beispiel dafür. Seit zweiundzwanzig Jahren und drei Monaten weilt Camille nun nicht mehr unter uns, aber ich mache immer noch alles genau so, wie sie es mochte.«

Michels Herz machte einen kleinen Luftsprung; mit diesen Worten hatte Antoine ein Stück Stoff aus seiner Kleidung verloren.

»Es gefällt mir, das, was sie mit Leben erfüllte, lebendig zu erhalten«, fuhr der Gastgeber fort, ohne im Mindesten traurig zu wirken. »Letztendlich sind wir das, was wir lieben. An dem Tag, an dem keiner mehr an uns denkt, sterben wir.«

Mit einer Mischung aus Glück und Schmerz sah der junge Besucher die im Bett liegende Eri vor sich. Seitdem der endlose Schlaf sie gefangen hielt, hatte er nicht eine Stunde lang aufgehört, an sie zu denken.

Antoine trank seinen Kaffee aus, dann erhob er sich langsam, um neues Holz ins Feuer zu legen.

»Das ist die wahre Liebe«, verkündete er.

»Was meinen Sie damit?«

»Liebe bedeutet, immer neues Holz in die Flammen zu legen. Nur so geht das Feuer nicht aus. Das klingt zwar selbstverständlich, aber die Leute vergessen es oft. Deshalb verstehen sich viele Paare nicht mehr richtig. Wenn du wirklich lieben willst, denk an Folgendes, mein Kind: Selbst wenn man müde ist, muss man nach einem Holzscheit suchen, um das Feuer in Gang zu halten. Tut man es nicht, findet man am nächsten Morgen nur noch die Asche dessen vor, was einmal Liebe war.«

Michel nickte stumm.

»Übrigens«, fügte der Buchhalter hinzu, »falls du am Freitag wiederkommst, schneide ich dir im Garten eine Rose ab, die gerade zu blühen beginnt. Ich habe nämlich von dem Mädchen gehört ...«

»Eri«, seufzte der Junge.

»Bring ihr die erste Rose des Jahres ... Wer weiß, vielleicht können ja auch Schlafende den Duft einer Rose riechen?«

II.
Das Geheimnis
der dauerhaften Liebe

*Liebe ist eine ständige
Eroberung.*

8
DER KLEINE MEISTER

Am Donnerstagnachmittag begab sich Michel auf die Suche nach seinem dritten Stern.

Um Antoines Haus machte er einen Bogen, denn er hatte dem Witwer das benötigte Stück Stoff mit einem frechen Trick entwendet. Er hatte ihn gefragt, ob er noch mehr Fotos von seiner Frau sehen dürfe, und während Lagrange in den ersten Stock gegangen war, um ein Fotoalbum zu holen, hatte er die Gelegenheit genutzt, um aus dem Bündchen eines Pullovers, der gefaltet auf einem Stuhl lag, einen Stern auszuschneiden.

Das war gemein gewesen.

Deswegen fühlte er sich nun schlecht, zumal der Nachbar ihm doch versprochen hatte, ihm die erste Rose des Jahres für Eri mitzugeben. Wie sollte er ihm bloß in die Augen schauen, wenn er die Blume am nächsten Tag bei ihm abholte?

Während er durch die Straßen von Selonsville lief,

beschloss er, seine Gewissensbisse erst einmal auf den Freitag zu verschieben. Wichtig war, dass er heute Nachmittag eine weitere Liebesart jenseits von Verliebtheit oder der dauerhaften Liebe eines Paares fand.

Eine ganze Stunde lang stapfte Michel mit seinen löchrigen Stiefeln durch den Schneematsch, der die Bürgersteige bedeckte. Bis er schließlich etwas Ergreifendes erlebte.

In einem der Randbezirke der Stadt schob eine Frau mittleren Alters mit energischen Schritten einen Rollstuhl vor sich her, in dem ein Kind in seltsam verbogener Haltung saß.

Michel vermutete, dass dieses Kind, das etwa in seinem Alter zu sein schien, eine spastische Lähmung hatte. Am Waisenhaus kam häufig ein solches Kind vorbei, stets in Begleitung seines Vaters, in dessen Zügen sich Bitterkeit und Enttäuschung spiegelten. Auf dem Gesicht der Frau aber, die den Rollstuhl schob, lag ein völlig anderer Ausdruck. Mit breitem Lächeln blieb sie vor Michel stehen und sagte zu ihrem Sohn:

»Willst du dem Jungen nicht Guten Tag sagen?«

Der Junge änderte seine verzerrte Haltung kein bisschen. Doch die Mutter blieb hartnäckig.

»Sag: Hallo, ich bin Paul und freue mich, dich kennenzulernen.«

»Ich mich auch, Paul«, antwortete Michel, auf das Spiel der Mutter eingehend. »Sehr angenehm!«

»Und ich bin Pauline, seine Mutter«, stellte die Frau sich vor und reichte Michel die Hand.

In diesem Augenblick wusste der Sternenfänger, dass er auf eine neue Liebesart gestoßen war, auf die bedingungslose Liebe zum eigenen Kind. Diesmal würde es freilich nicht einfach sein, an einen Stoffstern zu kommen. Die Frau trug einen Mantel aus dickem Wildleder, das seine kleine Schere niemals würde zerschneiden können.

»Wie kommt es, dass er fast denselben Namen trägt wie Sie?«, fragte Michel, um Zeit zu gewinnen. »Paul und Pauline …«

»Ja, ich weiß«, erwiderte die Frau und lächelte erneut. »Es klingt etwas merkwürdig. Aber ich habe ihn nach mir benannt, um mir selbst und den anderen zu zeigen, dass wir gleich sind. Ich wusste, dass mir das helfen würde, ihn ganz natürlich und ohne Mitleid zu behandeln.«

Für einen kurzen Augenblick schien sich auf dem Gesicht des Jungen im Rollstuhl eine Art Lächeln anzudeuten. Da fiel Michel ein orientalisches Sprichwort ein, das er einmal in einem Religionsbuch gelesen hatte. Er beschloss, es laut zu sagen:

»Die Wälder wären sehr still, wenn nur die begabtesten Vögel sängen.«

»Ganz genau. Ich würde sogar noch weitergehen: Es gibt gar keinen unbegabten Vogel. Jeder Vogel ist eine andere Note in der großen Schöpfungssymphonie. Der

Starke braucht den Schwachen, damit seine Stärke zur Geltung kommt. Und um das Licht zu verstehen, muss man die Dunkelheit erlebt haben. Wir alle sind wichtig, stimmt's, Paul?«

Der Junge hob mühsam zwei Finger, und es sah wie ein Zeichen der Zustimmung aus.

Michel fand Paul, der ihn gebannt anschaute, plötzlich sympathisch. Da fiel ihm auf, dass der Junge mit der anderen Hand krampfhaft etwas umklammerte.

Er wandte sich wieder der Frau zu.

»Was ist für Sie das Geheimnis der Liebe zu den eigenen Kindern?«, fragte er sie unumwunden. »Warum gibt es Eltern, die ihre Kinder im Stich lassen?«

Gespannt wartete er auf die Antwort.

»Weil Liebe manchmal Angst macht«, sagte Pauline. »Was eine Mutter für ihr Kind empfindet, ist so stark, dass es ihr in einer Gefahrensituation sogar die Kraft geben kann, ein Auto anzuheben, um ihr Kind zu retten. Dieses starke Gefühl anzunehmen, ist nicht einfach. Eines Tages wirst du es selbst erleben: Die eigenen Kinder sind spirituelle Lehrmeister, die uns beibringen, über uns selbst hinauszuwachsen. Stimmt's, Paul? Dieser Junge hat mich gelehrt, dass Glück etwas so Einfaches sein kann wie der Sonnenstrahl, der uns gerade bescheint.«

Tatsächlich war die Wolkendecke aufgerissen, und ein zarter Schleier aus Licht umhüllte alle drei.

»Ich hab mich sehr gefreut, dich kennenzulernen, Meister«, sagte Michel und ergriff Pauls Hand.

Da geschah etwas Wunderbares: Pauls Hand öffnete sich und gab ein Stück geblümten Stoff frei. Zwar hatte es nicht die Form eines Sterns, aber den konnte man ja leicht daraus zurechtschneiden.

»Das Stück Stoff hat er mir heute Morgen aus dem Rock gerissen«, lachte Pauline. »Er wollte unbedingt, dass ich mir einen Vogelschwarm anschaue, der gerade an unserem Fenster vorbeiflog.«

»Kann ich es behalten?«, fragte Michel. »Ich hätte gern ein Andenken an den Lehrmeister.«

III.
Das Geheimnis der Liebe zum eigenen Kind

Die eigenen Kinder sind spirituelle Lehrmeister, die einen befähigen, über sich selbst hinauszuwachsen.

9
DER DUFT EINER ROSE

Antoine Lagrange erwähnte seinen zerschnittenen Pullover nicht einmal, als der Junge zitternd wie Espenlaub vor seiner Tür stand, um die Rose abzuholen. Es war Freitagnachmittag, und in den Straßen von Selonsville tobten die Kinder umher, kreischend vor lauter Freude über das Ende des Unterrichts.

Auch die Waisenhauskinder durften jetzt hinaus auf die Straße, aber nur für die üblichen vier Nachmittagsstunden. Doch viele von ihnen machten noch nicht einmal Gebrauch von ihrem Recht, sondern verkrochen sich in den dunklen Kasernengebäuden und grämten sich über ihr Schicksal.

Nicht so Michel, der neben seiner täglichen Mission – der Suche nach dem nächsten Stern der Liebe – seiner Freundin die erste Märzrose bringen wollte. Allein deshalb hatte er sich getraut, nochmals bei Lagrange zu klingeln.

Nachdem der Mann ihn genauso gastfreundlich begrüßt hatte wie zwei Tage zuvor, bat er Michel, ihn in den Garten zu begleiten, zu einem hinter dem Haus wachsenden Rosenstrauch. Fasziniert betrachtete der Sternenfänger die kleine, blutrote Rose, die als einzige tapfer an einem dornigen Zweig blühte.

»Willst du sie selbst abschneiden?«, fragte Antoine. »Es ist ein Wunder, dass der Strauch trotz der Kälte diese eine Blüte getrieben hat.«

Michel wollte Ja sagen, aber der Hausherr gab ihm keine Schere. Wartete er vielleicht darauf, dass Michel seine eigene aus der Tasche zog, das Indiz für seine Übeltat?

Reglos stand er da, bis der Buchhalter zu begreifen schien.

»Ach ja, natürlich«, sagte er, »ich hole dir die Gartenschere.«

Mit der Rose in der Hand bedankte Michel sich ein gutes halbes Dutzend Mal bei Monsieur Lagrange, bevor er erneut den Weg zum Krankenhaus einschlug.

Die Kälte war wieder beißender geworden, und in den Fenstern leuchteten schon die ersten Lichter auf. Drinnen setzten die Familien sich gemütlich zu Tisch und läuteten das Wochenende ein.

Während der Scherenjunge in seinem viel zu großen grauen Mantel durch die Stadt lief, ging ihm der Gedanke durch den Kopf, dass er sich inzwischen gar keine normale Familie mehr wünschte. In seinen ersten Lebensjahren hatte dieser Wunsch ihn oft gequält, trotzdem war er immer freundlich und aufmerksam mit den anderen Kindern im Waisenhaus umgegangen.

Dann hatte er Eri zu lieben begonnen, und dieser »Mondstrahl« hatte die Dunkelheit in seinem Herzen für immer vertrieben. Sollte sie sterben, würde die Finsternis ihn verschlingen, und zwar endgültig.

Eri durfte nicht sterben.

Sie musste aufwachen, um mit ihm die dauerhafte Liebe kennenzulernen. Eine Liebe für immer.

Mit diesem festen Wunsch trug er die Rose, die es geschafft hatte, im endlosen Winter von Selonsville zu erblühen, zuversichtlich vor sich her. Doch als er vor dem hässlichen Krankenhausgebäude ankam, wurden ihm wieder die Knie weich, und auf der Treppe, die in den zweiten Stock hinaufführte, packte ihn die Angst, dass seine Freundin womöglich nicht mehr lebte.

Vielleicht hatte ihr an mangelnder Liebe erkranktes Herz endgültig zu schlagen aufgehört, dachte er, und Eri war jetzt Teil jener unterirdischen Welt, die den Rosen die Lebenskraft gab.

Mit dieser bedrückenden Vorstellung erreichte er das Ende des Flures.

Zu seiner großen Erleichterung lag Eri immer noch in ihrem Bett. Doch das schlafende Mädchen sah noch kränker aus als bei Michels letztem Besuch. Eri war abgemagert und ihr Gesicht leichenblass.

Durch einen Schlauch tröpfelte ein Serum in ihre Vene und würde wohl so lange weitertröpfeln, bis ihr kleines Herz stehen blieb.

Michel hätte seine Freundin gern umarmt, aber neben ihrem Bett saß die Nonne von der Krankenstation des Heims mit ihrem Strickzeug und hielt mit finsterer Miene Wache. Sie schien nur darauf zu warten, dass das Mädchen endlich seinen letzten Atemzug tat, damit sie zu ihrem Alltag im Waisenhaus zurückkehren konnte.

Als die Schwester Michel ins Zimmer kommen sah, blickte sie ihn streng an und fragte barsch: »Was tust du hier?«

»Ich bringe Eri eine Rose.«

Der Blick der Nonne wurde etwas milder, als sie die schmächtige Blume sah, die er in der Hand hielt.

»Stell sie dort hinein«, befahl sie Michel und zeigte auf eine mit Wasser gefüllte Vase, die auf einem Tisch neben dem Bett stand. »Vielleicht bekommt unser Dornröschen ja von dem Duft der Rose wieder ein bisschen Farbe.«

Dann wandte sie sich von Neuem mit konzentrierter Miene ihrer Strickarbeit zu.

Diese Frau hatte die Hoffnung aufgegeben.

 10

DIE GESCHICHTE DES SOLDATEN

Michel verließ das Krankenhaus so niedergeschlagen, dass seine Füße wie von alleine statt ins Zentrum zum städtischen Friedhof liefen. Freilich schien dieser Ort, an dem es mittlerweile von Kriegsopfern wimmelte, nicht gerade geeignet, um Liebende anzutreffen. Trotzdem stieß Michel das Eisentor auf und betrat den Friedhof.

Der Wind hatte aufgehört, durch die Straßen zu fegen, doch am dämmrigen, bleigrauen Himmel drohte jeden Moment ein Gewitter loszubrechen.

Bevor Michel sich wundern konnte, was zum Teufel er hier eigentlich machte, entdeckte er einen jungen Mann in Soldatenuniform, der sich über einen Grabstein beugte. Zweimal küsste der Soldat den Marmor, dann kniete er sich vor das Grab.

Der Sternenfänger fragte sich, ob diese ehrfürchtige Liebe einer Frau galt und ob es ihm selbst womöglich genauso wie dem Mann ergehen würde, falls es ihm nicht gelingen sollte, Eri wieder zum Leben zu erwecken. Von kindlicher Neugier getrieben, lief er die Friedhofswege entlang, bis er nur noch wenige Meter von dem knienden Soldaten entfernt war.

Jetzt konnte er auch lesen, was auf dem Grabstein stand. Der Tote war ungefähr in dem Alter des Soldaten gewesen. Vincent, so hieß er, hatte mit 22 Jahren sein Leben gelassen, 1940, gleich zu Beginn des Krieges, war er gefallen.

Der Soldat, der den Grabstein geküsst hatte, drehte sich langsam zu Michel um und blickte ihn verwundert an.

»Was tust du hier?«, fragte er in strengem Ton.

»Ich wollte Ihnen Gesellschaft leisten. Sie taten mir leid, so allein zwischen all diesen Toten.«

Der Soldat musste lachen, als er das hörte. Er setzte sich neben Vincents Grab auf die Erde.

»Ich besuche hier jemanden«, erklärte er, »der mein Freund und der Vater meiner Kinder ist.«

»Wie bitte?«, fragte Michel erstaunt. »Das verstehe ich nicht. Wenn es Ihre Kinder sind, dann …«

»Ja, meine Kinder haben einen biologischen Vater – das bin ich selbst –, aber sie haben auch einen geistigen Vater, und zwar den, der hier vor uns ruht. Sie haben also eine Mutter und zwei Väter. Willst du wissen, warum?«

»Natürlich. Dass einer gleich zwei Väter hat, erklärt vielleicht, warum ich keine Familie habe.«

Der Soldat nahm Michels Bemerkung nicht ernst. Schmunzelnd zog er den Jungen an sich. Dann holte er eine Pfeife aus der Tasche, schob sie sich zwischen die Lippen, und nachdem er sie gestopft und angezündet hatte, begann er mit seiner Geschichte:

»Vincent und ich waren eng befreundet. Wir dienten beide im selben Regiment. Obwohl unsere Leben nicht unterschiedlicher hätten sein können, standen wir uns sehr nah. Als ich einberufen wurde, war ich schon verheiratet, und meine Frau erwartete Zwillinge. Er dagegen war ein Luftikus ohne feste Freundin und auch sonst ganz ungebunden. Er träumte davon, Matrose zu werden und über die Meere zu reisen, wenn dieser grauenvolle Krieg zu Ende wäre. Aber dann …«

Der Soldat hielt inne und zog zweimal kräftig an seiner Pfeife. Offenbar war das, was er nun erzählen wollte, zu traurig, als dass er einfach so in der Geschichte hätte fortfahren können. Ein dünner Tränenschleier verhüllte seinen Blick.

»Eines Nachts ließ der Feldwebel uns bis zu einer Stellung auf einem Hügel vorrücken, die der Feind gerade aufgegeben hatte. Dort oben stand eine Hütte, die den Soldaten als Unterschlupf gedient hatte. Wir schlichen uns leise an die Hütte heran, da hörten wir plötzlich deutlich ein Wimmern, das von drinnen kam.«

»Ein Verletzter«, flüsterte Michel.

»Genau. Seine Vorgesetzten hatten ihn beim Abzug dort zurückgelassen. Und wir bezweifelten nicht im Geringsten, dass er bewaffnet war. Der Feldwebel rief ihm zu, er solle sich ergeben, und versprach ihm, ihn nur gefangen zu nehmen, ihn vor Verhören oder irgendwelchen Vergeltungsmaßnahmen zu verschonen. Aber er bekam keine Antwort. Inzwischen hatte das Stöhnen aufgehört, so als würde der Mann schweigend auf unsere Bewegungen rings um die Hütte horchen. Diese Hütte hatte nicht mal ein Fenster, nur eine Tür, die halboffen stand.«

Je mehr sich die Geschichte ihrem Höhepunkt näherte, desto weiter riss Michel die Augen auf, als wollte er versuchen, in die Hütte hineinzuschauen.

Der Soldat zog wieder an seiner Pfeife.

»Nachdem wir eine halbe Stunde gewartet hatten«, fuhr er fort, »traf der Feldwebel eine verhängnisvolle Entscheidung. Er selbst war ein feiger Mann, deshalb gab er mir den Befehl, die Hüttentür aufzureißen und meine Waffe auf den Verletzten zu richten. Er erlaubte mir sogar, blind draufloszuschießen, was ich aber niemals getan hätte ... Doch da schlug Vincent vor, an meiner Stelle zur Hütte zu gehen. Er drohte mir sogar, mich von hinten zu erschießen, falls ich mich der Tür näherte.«

»Wieso denn das?«

Die Augen des Soldaten wurden wieder feucht, als er antwortete:

»Vincent sagte, ich hätte eine Frau, die bald zwei Kinder bekommen würde, auf ihn dagegen warte niemand. Deshalb wolle er an meiner Stelle das Risiko eingehen, denn die Sache könne ja leicht schiefgehen … Und genau das passierte dann auch. Noch bevor er die Tür ganz geöffnet hatte, wurde er mit einem Schuss niedergestreckt.«

Zwischen dem Mann und dem Jungen breitete sich beklemmende Stille aus, nur vom leisen Geräusch der ersten Regentropfen durchbrochen.

»Da Vincent sich für mich geopfert hat«, fuhr der Soldat fort, als er sich ein wenig gefasst hatte, »haben meine Kinder nun zwei Väter. Denn ich habe ihnen das Leben geschenkt, Vincent aber hat mir meins geschenkt. Verstehst du?«

Ergriffen schaute Michel zu Boden.

»Und aus diesem Grund«, schloss der Soldat, »darfst du auch nie wieder sagen, du hättest keine Familie; denn das stimmt nicht. Es gibt Bindungen, die viel stärker sind als die des Blutes.«

»In Ordnung, ich sage es nie wieder. Aber jetzt, wo der Krieg vorbei ist, jetzt, wo Sie Ihrem Freund die Ehre erwiesen haben, bekomme ich da ein Stückchen Stoff aus Ihrer Uniform?«

IV.
Das Geheimnis der Liebe zu Freunden

*Freunde sind die geistige Familie,
die wir uns für die Reise durchs
Leben aussuchen.*

11
DIE DAME UND DIE STREUNER

Samstags durfte Michel eigentlich bis nach neun Uhr ausschlafen. An diesem Samstag sprang er jedoch schon um acht aus dem Bett und lief hinunter in die Küche. Dort saßen die Nonnen des Waisenhauses gemeinsam beim Frühstück und erzählten sich, was am Vortag so alles passiert war.

Vielleicht trafen ihn deshalb auch mehrere vorwurfsvolle Blicke, als er sich mit zwei Marmeladenbroten und einem halben Glas Milch ans Tischende setzte, nur zwei Plätze von den Nonnen entfernt.

Als die Schwester von der Krankenstation zu ihm herüberschaute, konnte er es sich nicht verkneifen, sie nach dem Zustand seiner Freundin zu fragen.

»Unverändert«, erwiderte die Schwester, »na ja, fast unverändert.«

»Was hat sich denn verändert?«, fragte Michel mit wackeliger Stimme.

»Ihr Puls geht sehr unregelmäßig. Ich verbiete dir, noch einmal ohne meine Erlaubnis ins Krankenhaus zu kommen, hörst du? Es bekommt dir nicht, sie zu sehen … und ihr auch nicht.«

Wut und Verzweiflung trieben Michel die Röte ins Gesicht.

»Wenn du willst«, sagte die Schwester daraufhin etwas milder, »darfst du mir noch eine Rose mitgeben. Die stecke ich dann zu der anderen in die Vase.«

Statt zu antworten, starrte der Junge in sein leeres Milchglas. Er nahm sich vor, heute nicht nur einen, sondern zwei Sterne zu ergattern. Und morgen sogar drei. Dann betete er stumm dafür, dass Eri bis Montag durchhielt, an dem Tag wollte er nämlich, ganz gleich, was die Nonne von der Krankenstation sagen würde, mit einem Herz aus Sternen zu ihr gehen.

Vormittags meldete Michel sich freiwillig zur Gartenarbeit. Er wollte so lange beschäftigt sein, bis die Tore des Waisenhauses sich öffneten, und das würde wie jeden Tag erst um drei Uhr geschehen. Am Samstagmorgen durften die Kinder das Heim nur verlassen, wenn sie offiziell zu irgendeiner Veranstaltung eingeladen worden waren. Zum Beispiel, wenn im städtischen Theater eine Kindervorstellung lief und einige Reihen für die Armen freigehalten wurden.

Er wünschte sich, die Stunden würden schneller vergehen, Eris Zeit aber sollte stehen bleiben. Es durfte einfach nichts passieren, solange er nicht mit dem Wundermittel der Heilerin zu ihr konnte. Allerdings beschlichen ihn erste Zweifel, ob das Mittel wirklich helfen würde.

Den Kopf voller düsterer Grübeleien, jätete er das Unkraut, das entlang des Zaunes wuchs. Da sah er eine Frau mit sechs Hunden den Bürgersteig entlanglaufen. Die Tiere unterschiedlicher Rasse und Größe zerrten heftig an ihren Leinen, nur mit Mühe schien die Hundeführerin sie bremsen zu können.

Als die Frau merkte, dass Michel das Schauspiel beobachtete, blieb sie stehen und bat ihn mit atemloser Stimme:

»Ach, könntest du mir vielleicht helfen? Seit diese Kinderchen den ersten Sonnenstrahl geschnuppert haben, platzen sie schier vor Energie.«

»Ich würde Ihnen sehr gerne helfen«, erwiderte Michel, »aber das geht nicht. Ich darf noch nicht nach draußen.«

»Na gut, dann hilf mir, sie festzubinden. Ich muss mich mal kurz ausruhen.«

Mit der freien Hand reichte sie ihm das Ende einer Hundeleine durch die Gitterstangen. Geschickt wie ein Matrose – im Knotenbinden war er schon immer gut gewesen – befestigte Michel sie an einer der Eisenstangen. Das Gleiche tat er mit allen übrigen Leinen, bis die ganze Hundefamilie gesichert war.

Erleichtert lehnte die Frau sich ans Gitter, und sogleich hob einstimmiges Protestgebell an. Die »Kinderchen« wollten weiter.

»Warum führen Sie denn sechs Hunde aus?«

»Die Ärmsten waren herrenlose Streuner. Man hat sie mir gebracht, weil ich bei mir zu Hause Blindenhunde abrichte. Die hier sind aber noch ganz frisch und unerfahren.«

»Dann tun Sie das also aus Liebe zu blinden Menschen?«

»Na ja, man könnte auch sagen, dass ich es aus Liebe zu den Hunden tue. Hunde brauchen genau wie Menschen das Gefühl, zu jemandem zu gehören.«

Interessant, dachte Michel und merkte im selben Moment, dass er es hier mit der fünften Liebesart zu tun hatte.

»Und Sie selbst, was haben Sie davon?«

»Ich bringe ihnen bei, einen Blinden zu führen, und sie bringen mir bei, mein Leben zu führen. Die Hunde haben mich die Kunst gelehrt, bewusst im Hier und Jetzt zu leben. Durch sie habe ich gelernt, grundlos fröhlich zu sein und nie die Freude am Spielen zu verlieren. Was will man mehr?«

Die Frau strich über die vielen Köpfe, dann fuhr sie fort:

»Früher war ich ein mürrischer Mensch, der seine wahren Gefühle nicht offenbaren konnte. Den Straßenhunden habe ich es zu verdanken, dass ich heute bedingungslos Zuneigung zeigen kann und mich nicht von den Menschen trenne, die ich liebe. Inzwischen bin ich auch fähig, das, was ich liebe, notfalls zu verteidigen. Und damit meine ich nicht nur die Hunde. Wer Tiere liebt, wird automatisch ein zivilisierterer Mensch.«

Sie wurde vom Jaulen dreier Hunde unterbrochen, deren Leinen sich so verheddert hatten, dass sie sich in keine Richtung mehr bewegen konnten. Die Hundeausbilderin hockte sich vor sie hin und löste den Knoten. Für Michel war das die Gelegenheit, aus der Bluse, die unter der Winterjacke der Frau hervorschaute, ein Stück Stoff herauszuschneiden.

V.
Das Geheimnis der Tierliebe

*Tiere lehren uns,
menschlich zu sein.*

12
EIN BRIEF AUS INDOCHINA

Als Monsieur Lafitte persönlich zum Tor des Waisenhauses marschierte, um es aufzuschließen, wusste Michel schon, wo er nach dem sechsten Stern suchen würde.

Mittlerweile hatte er ein Beispiel für romantische und eines für dauerhafte Liebe gefunden und außerdem das Geheimnis der Liebe zu den eigenen Kindern und das der hingebungsvollen Liebe zu Freunden kennengelernt. Die dazugehörigen vier Stoffsterne steckten in seiner Tasche, und nun war auch noch der Stern der Tierliebe hinzugekommen, die ihm die Hundeausbilderin so weise beschrieben hatte.

Alle Stoffstücke, die das Herz bilden sollten, hatten also etwas mit Menschen oder Tieren zu tun. Was aber war mit den Bäumen, die dem Menschen Sauerstoff spenden? Ganz zu schweigen vom Wasser, das ihn erfrischt, oder vom Erdboden, der ihn trägt?

Diese Fragen brachten Michel auf den Gedanken, dass

er nun wohl auf der Liebesleiter eine Stufe höher steigen musste.

Um ein Beispiel für Naturliebe zu finden, eignete sich am besten der Wald am Rand der Stadt, in dem man samstags vielen Wanderern und Spaziergängern begegnete.

Michel machte sich auf den Weg, und nach einer Stunde lagen die letzten Häuser von Selonsville hinter ihm. Froh über das einigermaßen milde Wetter, betrat er den jungen Fichtenwald.

Einige zaghafte Sonnenstrahlen fielen durch die Zweige. Michel bemühte sich, möglichst nicht von den Wegen nahe der Stadt abzukommen, denn schließlich wollte er ja ein menschliches Beispiel für Naturliebe finden.

Zwei Waldarbeiter, die gerade einen gefällten Walnussbaum abtransportierten, beachtete er nicht weiter, ebenso wenig ein Liebespärchen, das er zufällig auf einer Matte aus Farnkraut entdeckte; die beiden verband ja eine andere Liebe als die, nach der er heute suchte.

Es begann schon zu dämmern, als er in einiger Entfernung die Gestalt eines älteren Mannes erkannte – er schätzte ihn auf etwa siebzig –, der bedächtigen Schrittes tiefer in den Wald hineinging. Der Sternenfänger beschloss, ihm zu folgen und seine Gesten zu studieren.

Trotz seines Alters schien der Spaziergänger gut in Form zu sein, Michel musste lange Schritte machen, um ihn einzuholen. Als er auf seiner Höhe angekommen war, schaute ihn ein neugieriges Augenpaar durch zwei runde Brillengläser an. Ein kleiner Vogel setzte sich kurz auf den Strohhut des Fremden; da ahnte Michel, dass er den Richtigen erwischt hatte.

»Hast du dich verlaufen?«, fragte der Mann seinen Verfolger mit starkem deutschem Akzent.

Aus der Nähe betrachtet, kam das Gesicht des Alten mit seinen eckigen Zügen und der kleinen runden Brille dem Jungen irgendwie bekannt vor. Vielleicht hatte er es schon einmal in einer Illustrierten gesehen oder in der Zeitung, die regelmäßig, wenn auch um Tage verspätet, ins Waisenhaus kam.

»Sind Sie berühmt?«, fragte er ihn unumwunden.

Der alte Mann lachte verlegen.

»Na ja, ich bin Schriftsteller«, erklärte er, »und habe schon Tausende von Briefen bekommen, in denen Kinder wie du mir Fragen gestellt haben. Aber so eine Frage hat mir noch kein Kind gestellt. Ich bin Hermann Hesse.«

Auch Michel nannte nun seinen Vor- und Nachnamen, die er beide im Waisenhaus bekommen hatte, und fragte den Mann, wie es denn käme, dass er hier in den französischen Alpen einen Waldspaziergang machte.

»Diese Pfade bin ich schon in meiner Jugend entlanggelaufen«, antwortete der Mann, »jetzt aber musste ich warten, bis dieser unsinnige Krieg zu Ende war, um wieder herkommen zu können. Und du, was machst du hier?«

Zum ersten Mal entschloss Michel sich dazu, jemandem von seinem Vorhaben zu erzählen. Der Schriftsteller hörte mit feierlicher Miene zu. Dann lehnte er sich gegen einen Baumstamm und verschränkte bedächtig die Arme.

»Was du da tust«, sagte er, »ist gar nicht so dumm, vor allem, weil du es aus Liebe zu einem Mädchen tust. Doch du musst wissen, dass die Liebe nicht existiert, um uns glücklich zu machen, sondern um uns zu zeigen, wie viel wir zu ertragen fähig sind.«

Hermann Hesse fuhr dem Jungen durchs Haar. Dann sprach er weiter:

»Für dich werde ich mir eigenhändig einen Stern aus dem Hemd schneiden. Aber vorher will ich dir zeigen, was ein junger Mönch aus Indochina mir geschrieben hat; dann wirst du verstehen, was Liebe zur Natur bedeutet.«

Der Schriftsteller zog einen sorgsam gefalteten Briefumschlag aus seiner Manteltasche und entnahm ihm ein Blatt Papier, auf das jemand mit Tinte ein Dutzend Zeilen geschrieben hatte.

»Lies selbst«, sagte er und reichte Michel das Blatt. »Der Brief ist in deiner Sprache verfasst.«

Wenn du ein Dichter bist, wirst du deutlich sehen, dass in diesem Blatt Papier eine Wolke schwebt. Ohne eine Wolke gibt es kein Wasser, ohne Wasser können die Bäume nicht wachsen, und ohne Bäume kannst du kein Papier herstellen. Also ist die Wolke hier in diesem Blatt Papier. Seine Existenz ist abhängig von der Existenz einer Wolke. Papier und Wolke sind einander so nah.

Lass uns an andere Dinge denken, an Sonnenschein zum Beispiel. Sonnenschein ist sehr wichtig, denn ohne ihn kann der Wald nicht wachsen, und auch wir Menschen können ohne Sonnenschein nicht wachsen. Und wenn du tiefer schaust, siehst du, dass nicht nur die Wolke und der Sonnenschein in diesem Blatt enthalten sind, sondern einfach alles: der Weizen, der zum Brot wurde, das der Holzfäller aß, der Vater des Holzfällers – alles ist in diesem Blatt Papier.

Das Papier besteht in einem solchen Ausmaß aus Nicht-Papier-Elementen, dass es leer wäre, wenn wir diese Nicht-Papier-Elemente an ihre Ausgangspunkte zurückbringen würden – die Wolke zum Himmel, den Sonnenschein zur Sonne, den Holzfäller zu seinem Vater. Was bedeutet dabei »leer«? Es bedeutet: ohne ein eigenständiges Selbst. Das Papier wurde aus all den Nicht-Selbst-Elementen, Nicht-Papier-Elementen gemacht, und wenn man diese Elemente fortnimmt, ist das Blatt wahrhaft leer, ohne unabhängiges Selbst. In diesem Sinne heißt »leer«, dass das Papier eigentlich voll ist, voll von allem Sein, vom gesamten Universum. Die Gegenwart dieses winzigen Blatts Papier beweist die Gegenwart des ganzen Universums.

THICH NHAT HANH

VI.
Das Geheimnis der Liebe zur Natur

In diesem Blatt Papier ist der gesamte Kosmos gegenwärtig.

13
NOCH EIN TAG

Da er sich vorgenommen hatte, am nächsten Tag noch vor seiner Rückkehr zu den Kasernengebäuden die drei fehlenden Sterne zu finden, suchte Michel Herminia in dem Säulengang auf, in dem er ihr zum ersten Mal begegnet war.

Als er sie dort sitzen sah, kam es ihm vor, als hätte sie sich die ganze Zeit nicht von der Stelle gerührt. In ihre schmutzige Decke gehüllt, trank sie etwas aus einem kleinen Topf, das wie Suppe aussah.

»Da kommt ja der Sternenfänger«, rief sie mit heller, fröhlicher Stimme. »Wie viele hast du denn schon?«

»Sechs.«

»Bravo! Du liegst gut in der Zeit.«

»Ich glaube nicht«, erwiderte Michel traurig. »Eri ist nämlich am Ende ihrer Kraft, und ich fürchte, sie gibt auf, bevor ich ihr das Sternenherz gebracht habe. Deshalb will ich morgen alle drei Stoffstücke ausschneiden, die mir noch fehlen.«

»Prima! Wenn du es schaffst, werde ich die ganze Nacht wach bleiben, um das Herz aus Sternen für Eri zusammenzunähen. Der Apotheker hat mir eine Tüte Watte zum Ausstopfen geschenkt. Aber denk dran, das Herz wird keine Wirkung haben, wenn du nicht auch den einen, wichtigsten Stern findest.«

»Ja, ich weiß, den zehnten Stern. Wenn es so weit ist, kümmere ich mich darum, Herminia, im Moment mache ich mir eher Sorgen darüber, wo ich die anderen drei finden könnte. Ich grüble und grüble, aber ich komme auf keine andere Liebesart als die sechs, die ich jetzt kenne.«

Herminia brummte, es sei nicht Teil ihrer Abmachung, dass sie ihm die verschiedenen Liebesarten verrate. Doch als er ihr alle sechs Kategorien, die er bisher gefunden hatte, einzeln aufzählte, erklärte sie sich schließlich bereit, ihm auf die Sprünge zu helfen.

»Du hast mir von Menschen, Tieren und Pflanzen berichtet«, sagte die Bettlerin zögernd, »aber etwas ganz Wichtiges, was Menschen tun, hast du außer Acht gelassen. Etwas, das den Toten ermöglicht, noch Jahrtausende nach ihrem Tod weiterzusprechen. Verstehst du, was ich meine?«

Michel schüttelte den Kopf, und die alte Frau seufzte.

»Na gut, ich gebe dir einen letzten Hinweis: Normalerweise ist es viereckig, und im Feuer verbrennt es.«

»Bücher!«, rief der Junge. »Die Liebe zu den Büchern!«

»Oder zur Kultur und zur Kunst, wie immer du es nennen willst. Auch zu Stern Nummer acht verrate ich dir eine Kleinigkeit: Er umfasst die sechs ersten, die du bereits gefunden hast.«

Der Sternenfänger überlegte angestrengt, was Menschen, Tiere und Pflanzen, Wasser und Atemluft verband. In allen steckte …

»Leben!«, rief er und war sich sicher, dass er richtig getippt hatte. »Der achte Stern ist die Liebe zum Leben. Die umschließt doch die anderen sechs Arten, oder? Aber für welche Art von Liebe steht der neunte Stern?«

»Schau in den Spiegel«, erwiderte die Alte.

Damit war alles gesagt.

14

DIE BÜCHERKUR

Wenn es jemanden gab in Selonsville, der die Liebe zu den Büchern und zur Kultur verkörperte, so war es Madame Mercier. Seit Beginn des Jahrhunderts leitete sie die städtische Bibliothek und wurde nicht müde, die wenigen Besucher dazu zu ermuntern, ihre Kur zu befolgen, die darin bestand, ein Buch pro Woche zu lesen.

»Das ist das Minimum, wenn man ein helles Köpfchen sein will«, pflegte sie zu sagen.

Fest entschlossen, noch am selben Tag die drei fehlenden Sterne einzufangen, lief Michel zur Bücherei. Es war Viertel nach drei, als er dort ankam.

Am Eingang des Lesesaals teilte ihm ein Lehrling mit altkluger Miene mit, die Bibliotheksleiterin werde nicht vor vier Uhr da sein. Damit hatte Michel nicht gerechnet. Verstimmt setzte er sich an einen Tisch, auf dem lauter Ausgaben der Lokalzeitung von der vergangenen Woche verstreut lagen.

Als er die erste aufschlug, schoss ihm brennende Röte ins Gesicht, und im nächsten Moment wurde er leichenblass. Genauso erging es ihm bei der zweiten und dritten Zeitung. Er hatte ja keine Ahnung gehabt, wie bekannt seine Lausbubenstreiche geworden waren! Beim Lesen der Schlagzeilen spürte er, wie ihm kalter Schweiß über die Stirn lief.

»Scherenphantom sät Panik in der Stadt.«

»Bürgerkommission organisiert zivile Patrouillen, um den Übeltäter zu fassen.«

»Oberbürgermeister von Selonsville setzt Belohnung von 300 Francs aus für Hinweise, die helfen, dem Scherenmann das Handwerk zu legen.«

»Erste Beschreibungen des gefährlichen Banditen verblüffen: Scherenmann ist ein Kind.«

Hastig stand Michel auf und entfernte sich von dem Tisch mit den Zeitungen, als könne die bloße Tatsache, dass er dort saß, ihn in Verdacht bringen. Auf gar keinen Fall durfte er es riskieren, genau an dem Tag gefasst zu werden, an dem er seine Mission abschließen wollte.

Als die Bibliothekarin, von der niemand genau wusste,

wie alt sie war, da sie schon seit eh und je hier arbeitete, den Lesesaal betrat, stürzte der Junge ihr entgegen wie ein Mensch in höchster Not. Er durfte nicht eine Minute verlieren. Falls jemand ihn erkannte, würde er festgenommen, und dann wäre alles vorbei.

Für Eri und auch für ihn.

Die Frau mit der uralten Brille, die aussah, als stamme sie noch aus dem letzten Jahrhundert, musterte den Jungen ärgerlich:

»Bist du etwa zum Spielen in die Bibliothek gekommen? Dann aber raus hier, und zwar dalli!«

»Madame Mercier, ich bin hier, um mit der Bücherkur anzufangen.«

Als sie das hörte, entspannten sich ihre Züge. Ein halbes Dutzend Köpfe wandte sich neugierig nach der Bibliothekarin von Selonsville und dem Rotzbengel um, den man noch fast nie hier gesehen hatte.

»Ich will auch ein Buch pro Woche lesen.«

»Pssst … Du störst die Leser. Außerdem bist du noch zu klein, um so viel zu lesen. Ich schlage vor, du fängst an mit …«

»Ich will gleich heute anfangen!«, rief der Junge mit absichtlich lauter Stimme.

Der Trick funktionierte.

»Komm mit ins Büro. Wir zwei sollten uns besser unter vier Augen unterhalten.«

Während sie zu dem kleinen Büroraum am Ende des Saales gingen, folgten ihnen die Blicke sämtlicher Bibliotheksbesucher, die von ihren Büchern aufgeschaut hatten, um sich die kuriose Szene nicht entgehen zu lassen.

Wenn einer von diesen Leuten ihn zufällig beim Ausschneiden eines Stoffsterns beobachtet hatte, dachte Michel, war es nur eine Frage von Sekunden, bis man ihn anzeigte und verhaften ließ. Wie auch immer, jetzt war es zu spät, um es sich anders zu überlegen. Er musste alles auf eine Karte setzen.

Madame Mercier zog die Tür ihres Büros energisch hinter sich zu und musterte den Jungen scharf durch ihre altertümliche Brille.

»Darf man erfahren, warum du hier so einen Aufstand machst?«

»Ich will lesen«, sagte Michel, der in der Rolle des Wissbegierigen blieb. »Ich kann doch nicht mein Leben lang ein Kind aus dem Waisenhaus bleiben. Deshalb will ich so schnell wie möglich ganz viel lernen und noch heute mit der Bücherkur anfangen. Ein Buch pro Woche, stimmt's?«

»Immer mit der Ruhe, Kleiner ...«, beschwichtigte die Bibliothekarin den Jungen, angetan von seiner Hartnäckigkeit. »Es geht nämlich nicht darum, viel zu lesen, sondern das, was man liest, zu lieben. Im Grunde ist es genauso, wie wenn man einen Menschen liebt. Schließlich wurden Bücher von Menschen geschrieben, und in den meisten geht es auch um Menschen. Deshalb ist Lesen ein Akt der Liebe, und aus demselben Grund sollten wir uns auch mit Kunst, Musik und all dem Schönen befassen, was ein Mensch, der das Leben liebt, zu schaffen vermag.«

Kein Zweifel, sie war die Richtige, dachte Michel. Und während die Bibliothekarin mit ihrer Standpauke fortfuhr, überlegte er, wie er ihr geschickt einen Stern aus der Kleidung schneiden konnte.

»Das mit dem einen Buch pro Woche sage ich doch nur, weil viele Bewohner von Selonsville nicht einmal ein Buch pro Jahr lesen«, fuhr Madame Mercier fort. »Es ist meine Art, sie dazu anzuregen, sich mehr fürs Lesen zu interessieren.«

Sie zog ein Taschentuch aus ihrem Kittel, um sich die Brillengläser zu putzen. Blitzschnell nutzte Michel die Gelegenheit:

»Erschrecken Sie nicht, Madame Mercier«, sagte er, »aber auf Ihrem Taschentuch krabbelt eine kleine Spinne.«

Mit einem Schrei des Entsetzens ließ die Bibliothekarin das Tuch fallen und stürzte aus dem Büro. Michel dankte Gott, dass die Angst vor Spinnen so weitverbreitet war, und machte sich auf in die nächste Schlacht.

VII.
Das Geheimnis der Liebe zu Büchern

Einen Gelehrten erkennt man nicht daran,
was er alles weiß, sondern daran,
was er alles liebt.

15
LIEBE IN FLAMMEN

Als Beispiel für die Liebe zum Leben kamen für Michel mehrere Stadtbewohner infrage, über die er Lobendes gehört hatte.

Da gab es zum Beispiel den dienstältesten Arzt des Krankenhauses, in dem Eri vor sich hin dämmerte. Man sagte, er habe im Laufe seines Berufslebens über dreitausend Menschenleben gerettet.

Eine andere Kandidatin war die Leiterin des Tierheims von Selonsville. Seit Langem, schon in Zeiten, da Michel noch gar nicht geboren war, bewahrte sie jedes Jahr an die hundert Katzen und etwa ebenso viele Hunde vor dem sicheren Tod.

An dritter Stelle kam eine hundertjährige Frau, die im Laufe ihres Lebens über fünfzehntausend Bäume gepflanzt hatte.

Als Beispiel für die Liebe zum Leben aber wählte Michel keinen der drei. Vielleicht, weil es ihm eher auf einen konkreten Liebesbeweis ankam als auf Zahlen und Statistiken. Er erinnerte sich an die Geschichte von einem jungen Feuerwehrmann aus Selonsville, dessen Frau sich mit einem Taxifahrer aus dem Staub gemacht hatte und einige Zeit später mit einem amerikanischen Soldaten nach Tennessee gegangen war.

Ein Jahr nach dem Skandal, der damals in der Stadt die Klatschgeschichte Nummer eins gewesen war, schlug ein Blitz in das Holzhaus des Taxifahrers ein, wo dieser mittlerweile wieder alleine lebte.

Obwohl der Feuerwehrmann wusste, wer in dem brennenden Haus wohnte, versuchte er, den Mann, der ihm die Frau weggeschnappt hatte, aus den Flammen zu retten, und kam dabei sogar fast selbst ums Leben.

Es ging das Gerücht, der Taxifahrer habe, als beide außer Gefahr waren, von dem Feuermann wissen wollen, warum er denn sein Leben für jemanden aufs Spiel gesetzt habe, der ihm so großen Schmerz zugefügt hatte.

Wie ein Lauffeuer hatte sich die Antwort des Retters verbreitet und den Leuten Rätsel aufgegeben. »Ich habe es für mich getan«, hatte der Feuerwehrmann erwidert, »nicht für dich.«

Den Helden zu finden war nicht schwer, denn der tat gerade bei der Feuerwache seinen Dienst. Und da in Selonsville nur alle zwei, drei Monate ein Feuer ausbrach, fand Michel ihn auf einer für die Nachtschicht reservierten Matratze vor, auf der er schnarchend sein Mittagsschläfchen hielt.

Die Gelegenheit konnte nicht günstiger sein.

Der Junge beugte sich vorsichtig über den Feuerwehrmann und schnitt ihm ein Stück Stoff aus dem Hosenbein. Dann steckte er den Fetzen rasch in die Tasche – den Stern konnte er ja später noch in Ruhe zuschneiden – und schlich sich auf Zehenspitzen davon.

Gerade wollte er durch die Tür schlüpfen, als eine große, starke Hand ihn am Kragen packte.

»Hiergeblieben!«

Erschrocken drehte Michel sich zu dem jungen Feuerwehrmann um, dessen Augen Funken zu sprühen schienen, so ärgerlich war er darüber, dass man ihm die Hose kaputt geschnitten hatte.

»Ich weiß zwar nicht, warum«, sagte er, »aber es würde mich ganz und gar nicht wundern, wenn du das Scherenmonster bist. Die Polizei wird begeistert sein, deine Bekanntschaft zu machen, Bürschchen.«

»Bitte, bitte nicht«, flehte Michel ihn mit tränenfeuchten Augen an.

»Dann nenn mir mal einen Grund, warum ich dich nicht anzeigen sollte.«

Obwohl er eine Heidenangst hatte – oder vielleicht gerade deshalb –, gelang es Michel, mit der passenden Antwort zu kontern:

»Nennen *Sie* mir doch einen Grund, warum Sie Ihr Leben aufs Spiel gesetzt haben, um den Taxifahrer aus dem brennenden Haus zu retten.«

»Dafür gibt es keinen Grund«, erwiderte der Mann, dessen Miene plötzlich sehr ernst geworden war. »Das ist meine Arbeit, ganz einfach.«

»Aber als er Sie damals dasselbe gefragt hat wie ich, haben Sie ihm geantwortet: ›Ich habe es für mich getan, nicht für dich.‹ Stimmt's? Was meinten Sie denn damit?«

Der Feuerwehrmann ließ seinen Fang los und kniff die Augen leicht zusammen, als würde er über eine Antwort nachgrübeln. Michel hätte diesen Moment zur Flucht nutzen können, aber er wollte unbedingt erfahren, wie der Feuerwehrmann seine damalige Aussage erklärte.

»Also«, begann dieser, »hätte ich ihn im Haus verbrennen lassen, hätte ich anschließend eine doppelte Last mit mir herumgeschleppt: den Verlust meiner Frau und den des Taxifahrers. Im ersten Fall konnte ich ja nichts mehr machen, aber der Verlust dieses Mannes lag in meiner Hand.«

»Also hatten Sie ihm verziehen.«

Der Feuerwehrmann seufzte, bevor er antwortete:

»Verzeihen ist das einzige Mittel, jemand anderem die Möglichkeit zu geben, sich zu ändern. Das habe ich von meinem Vater gelernt. Wenn man einen Dieb tötet, verdammt man ihn dazu, für alle Zeiten nur das eine zu sein: ein Dieb. Aber zurück zum Taxifahrer: Hätte ich ihn nicht gerettet, hätten auch meine Schwester und meine Nichte nicht überlebt. Wir alle brauchen einander.«

»Das verstehe ich nicht«, entgegnete Michel und vergaß für einen Moment völlig, dass ihm noch ein Stern fehlte. »Was haben denn Ihre Schwester und Ihre Nichte mit dem Taxifahrer zu tun?«

»Alles. Die Sache war nämlich die: Sechs Monate nach dem Brand setzten bei meiner schwangeren Schwester die Wehen ein, während ihr Mann auf Reisen war. Ihre Schwangerschaft war schon kompliziert verlaufen, und plötzlich bekam sie auch noch eine Blutung. Als sie es frühmorgens schließlich schaffte, die Treppe hinunterzugehen, waren die Straßen ausgestorben, nur ein einsames Auto fuhr vorbei. Am Steuer saß jemand, der gerade von einer langen Nachtschicht heimkehrte.«

»Dein Freund, der Taxifahrer«, rief Michel.

»Richtig. Hätte er den Brand nicht überlebt, wäre meine Schwester an diesem Morgen gestorben. Und meiner Nichte wäre es wohl genauso ergangen. Was lehrt uns das? Denk nicht zweimal nach, wenn du jemanden retten kannst, denn vielleicht rettest du damit dich selbst.«

VIII.
Das Geheimnis der Liebe zum Leben

*Wie gut ein Herz ist,
hat nichts damit zu tun, wie viel Liebe es einem
Menschen schenken kann, sondern damit,
wie viele Menschen darin Platz haben.*

16
DIE STERNE UND DAS HERZ

»Schau in den Spiegel«, hatte Herminia gesagt, als Michel sie nach dem neunten Stern gefragt hatte. Daher wusste er, welche Art von Liebe für das Herz, das in dieser Nacht entstehen sollte, noch fehlte.

Es war die Selbstliebe.

Und um die zu finden, brauchte er nicht weit zu gehen; denn er selbst hatte auf seinem Weg zum Sternenherz schon mehr Prüfungen bestanden, als er jemals geglaubt hatte, in seinem ganzen Leben bestehen zu müssen.

Er erinnerte sich an einen Satz des Autobauers Henry Ford, den er einmal in einer Zeitschrift gelesen hatte: »Ob du glaubst, du kannst es, oder ob du glaubst, du kannst es nicht, in beiden Fällen hast du recht.«

Michel hatte geglaubt, es zu können, deshalb war er selbst derjenige, der den letzten Stern zur Vervollständigung des Herzens beisteuern musste.

Er zog die Schere aus der Hülle und schnitt einen Stern

aus dem Pullover, den er am Körper trug. Dann machte er sich mit den neun Sternen in der Tasche auf den Weg zu Herminia.

Während er durch die Straßen lief und über das letzte ausgeschnittene Stoffstück nachdachte, fiel ihm etwas ein, was einmal ein Priester, der regelmäßig ins Waisenhaus kam, zu ihm gesagt hatte. Der Priester war ein gütiger alter Mann, der immer für jedes Heimkind aufmunternde Worte fand.

Damals war Michel ihm beim Verlassen des Speisesaals, wo es an jenem Sonntag eine doppelte Portion Bohnen gegeben hatte, in die Arme gelaufen. Der Geistliche war mit ihm in den Hof hinausgegangen, in dem gerade ein Fußballspiel begann, und hatte ihn gefragt:

»Warum spielst du denn nicht mit?«

»Es macht mir keinen Spaß, hinter dem Ball herzulaufen«, hatte Michel geantwortet, »ich schau lieber zu, wie die anderen spielen. Und wenn das Spiel schlecht ist, denke ich über meine eigenen Sachen nach.«

»Du bist wohl ein einsames Kind.«

»Nicht immer. Ich mag meine Freunde und Freundinnen«, erwiderte Michel, verschwieg jedoch, dass er eine seiner Spielgefährtinnen ganz besonders mochte. »Aber manchmal brauche ich das Alleinsein.«

»Ein Baum, der für sich allein steht, wird kräftiger«, erklärte ihm der alte Mann, »und daraus zieht er Nutzen:

Seine Früchte schmecken besser als die der anderen Bäume. Wenn man sich selbst liebt, sollte es genauso sein. Man sollte sich nicht auf einen Sockel stellen, um die Welt von oben herab zu betrachten, sondern sich wie der einsame Baum aufwerten, um anschließend von seinem Wert etwas an andere weiterzugeben. Wir besitzen nur das, was wir auch weitergeben können.«

Während er noch über die Worte nachdachte, die ihn damals so beeindruckt hatten, erreichte Michel den Säulengang, in dem seine außergewöhnliche Mission begonnen hatte.

Herminia schlief, in ihre Decke gehüllt. Es war acht Uhr; der Zeitpunkt, zu dem er wieder im Waisenhaus hätte sein müssen, war also schon vorbei. Und wenn schon. Er musste jetzt Eri sein Herz aus Sternen bringen, bevor es zu spät war. Michel hatte es so eilig, dass er die alte Frau sanft mit dem Ellbogen anstieß, um sie zu wecken.

»Bist du gekommen, damit ich dir dein Herz zusammennähe?«, fragte die Alte und blinzelte müde. »Dafür brauche ich aber viel Ruhe und Konzentration. Versuch du also zu schlafen, während ich mich an die Arbeit mache. Deine Sterne kannst du mir in den Schoß legen. Wenn du morgen früh die Augen aufmachst, wird aus allen neunen ein Herz entstanden sein.«

IX.
Das Geheimnis
der Selbstliebe

Nicht was du bist, ist wichtig,
sondern was aus dir werden kann.

17
DER ZEHNTE STERN

Als Michel im frühen Morgenlicht die Augen öffnete, erblickte er als Erstes, genau wie die alte Frau es ihm versprochen hatte, ein Herz aus lauter Sternen.

Es war größer als sein Kopf und bestand ganz aus den Stoffstücken, die er nacheinander den Vertretern der neun Liebesarten aus ihrer Kleidung geschnitten hatte. Gefüllt war das Herz mit reiner, weißer Watte. Die Sterne passten wunderschön zusammen, sogar die Farben sahen aus, als seien sie gezielt füreinander ausgesucht worden.

Michel nahm das Herz in beide Hände und bewunderte seine vollkommene Form. Dann drückte er Herminia einen Dankeskuss auf die Wange, bevor er den letzten Teil seiner Reise antrat. Doch da fiel ihm wieder die Aufgabe ein, über die er sich die ganze Zeit keine Gedanken gemacht hatte.

»Am Anfang hast du noch von einem zehnten Stern gesprochen, der den anderen neun Macht verleiht.«

»Ganz genau.«

»Und wo finde ich den?«, fragte er besorgt.

»Nirgends. Du trägst ihn in dir.«

Michel nahm an, dass die Alte das symbolisch meinte.

»In meinem Herzen?«, fragte er und zeigte auf seine Brust.

»Kalt, kalt ...«, antwortete Herminia. »Zwar sollte bei allem, was du tust, auch bei dieser Sache, dein Herz mit dabei sein, aber der zehnte Stern hat nicht allein mit dem Herzen zu tun.«

»Aber du hast doch gesagt, ich trüge ihn in mir. Wenn er nicht im Herzen ist, wo ist er dann?« Er tippte sich mit dem Finger an die Schläfe. »Vielleicht im Kopf?«

»Lauwarm bis warm«, lächelte die Alte. »Noch ein Hinweis: Mit dem Kopf ist es genauso, wie das Herz gehört auch er mit dazu ... aber der zehnte Stern ist etwas anderes. Geh jetzt, sonst kommst du noch zu spät.«

Herminia wickelte sich wieder in ihre Decke ein. Sie wollte endlich schlafen, nachdem sie die ganze Nacht wach geblieben war.

Neugierig rannte Michel los, unterm Arm das aus den vielen Sternen zusammengenähte Herz. Er hörte erst auf zu rennen, als er das graue Krankenhausgebäude erreicht hatte. Auf der Treppe in den zweiten Stock begannen ihm wieder die Knie zu zittern, und als er durch den Flur zu Eris Zimmer lief, hatte er vor lauter Angst Pudding in den Beinen. Was war, wenn er zu spät kam?

Vielleicht lag es an der Uhrzeit, aber diesmal traf er außer Eri niemanden in ihrem Zimmer an. Weit und breit waren kein Arzt und keine Krankenschwester zu sehen. Nicht einmal die mürrische Nonne hielt Wache neben dem schmächtigen Mädchen, dessen blasse Haut fast durchsichtig schien.

Auf dem dunklen Monitor neben Eris Bett entdeckte Michel, dass die weiße Linie beinahe waagerecht verlief. Eris schwache Vitalfunktionen hatten sie zu einer kraftlosen Kurve absinken lassen, die aussah, als werde sie jeden Moment ganz abflachen.

Aber es war weniger diese Kurve, die Michel Angst machte, als vielmehr die Entdeckung, dass man Eri von dem Tropf getrennt hatte, über den sie mit einer Nährlösung versorgt worden war. Verzweifelt begriff er, dass man sie aufgegeben hatte.

Eilig legte er seiner Freundin das Herz aus Sternen auf die Brust, bevor es endgültig zu spät war.

Doch nichts geschah. Eris starres Antlitz, ihre fahle Blässe, die Kurve auf dem Monitor, die immer weiter abflachte, alles deutete darauf hin, dass der Augenblick des Abschieds kurz bevorstand. Michel konnte dankbar sein, dass er noch rechtzeitig gekommen war, um Eri eine gute Reise zu wünschen.

Während er die leblose Hand des Mädchens in der seinen hielt, dachte er plötzlich wieder an das Geheimnis des zehnten Sterns. Des Sterns, der allen anderen Macht verleihen würde. Er lag näher beim Kopf als beim Herzen, doch beides spielte dabei eine Rolle ...

Michel hob eine Hand an seine Lippen. Und mit einem Mal begriff er, dass er etwas sagen musste. Es genügte nicht, alle Lebewesen zu lieben oder seinem Feind zu helfen wie dem eigenen Kind. In einem Moment wie diesem benötigten die neun Arten der Liebe noch etwas anderes.

Er kam mit seinem Mund ganz nah an das kleine, kalte Ohr seiner Freundin und flüsterte:

»Ich liebe dich, Eri.«

Zuerst war es nur ein leichtes Flattern der Lider, als würden die Augäpfel sich unter der dünnen Haut bewegen. Dann begannen Eris Wimpern zu zittern. Gleichzeitig stieg die weiße Linie auf dem Monitor wieder an und zeichnete nach und nach immer steilere Spitzen.

Als Eri endlich die Augen aufschlug, wusste Michel, dass er den zehnten Stern gefunden hatte, das letzte Geheimnis der Liebe.

Liebe allein ist nicht genug, man muss sie in Worte fassen.

X.
Das letzte Geheimnis der Liebe

Der eine tut, aber sagt nicht,
der andere sagt, aber tut nicht.
Liebe ist Tun und Sagen.
Das ist das letzte
Geheimnis der Liebe.
Ein schlagendes Herz
ist niemals stumm.

 EPILOG

Zehn Jahre waren vergangen seit jenem Frühling, den ganz Selonsville herbeigesehnt hatte. Tatsächlich war damals der letzte Schnee erst am Morgen nach »Eris Wunderheilung«, wie die Leute jenes Ereignis nannten, geschmolzen.

So ratlos die Ärzte vor dem unerklärlichen Koma des Mädchens gestanden hatten, so verblüfft registrierten sie Eris Rückkehr in die Welt der Wachen.

Seit jenem Tag hatte es viel geregnet und geschneit, aber kein Frühling war derart vollkommen gewesen wie der des Jahres 1956. Die Straßen von Selonsville, in denen viele neue Läden eröffnet worden waren, lagen in mildem Sonnenschein, und die Einwohner der Stadt waren frohgemut und voller Optimismus.

Es herrschte der allgemeine Glaube, dass alles gut werden würde.

Michel lebte schon seit einer ganzen Weile nicht mehr im Waisenhaus. Er wohnte jetzt über der Apotheke, in der er fünf Jahre zuvor als Lehrling eingestellt worden war. Der Apotheker hatte sich gewundert, wie schnell der Junge sein Metier erlernte. Weniger gefiel ihm allerdings, dass so viele Kunden die Apotheke wieder verließen, ohne ein Medikament gekauft zu haben. Denn oft genügte ein Wort oder ein Scherz des jungen Gehilfen, und schon ging es ihnen wieder besser.

»Ich weiß ja nicht, was du den Leuten gibst«, sagte er vorwurfsvoll zu Michel, »aber wenn das so weitergeht, werde ich bald schließen müssen.«

An diesem Sonntag aber hatte Michel frei und ging Hand in Hand mit seiner Verlobten spazieren. Er war zu einem schlanken, eleganten jungen Mann herangewachsen, und aus Eri war eine strahlende Schönheit geworden.

Michel teilte sein Glück mit jedem in Selonsville, der bereit war, es anzunehmen, doch in seinem Innersten rumorte ein heimlicher Schmerz. Kurz nach »Eris Wunderheilung« war Herminia verschwunden, und er hatte nie wieder etwas von ihr gehört.

Nach all den Jahren war er sich sicher, dass die gebrechliche Greisin schon lange nicht mehr lebte … bis er sie an diesem Sonntagvormittag im gleichen Säulengang sitzen sah wie damals. So als hätte sie sich nie von der Stelle gerührt.

Angesichts der ergriffenen Miene ihres Verlobten ahnte Eri, wer die Frau war.

»Ist das …?«

Doch da rannte Michel schon auf Herminia zu, die das

Tuch, an dem sie gerade stickte, aus der Hand legte, um den schmucken jungen Mann in die Arme zu schließen. Auch sie sah gut aus, obwohl sie um zehn Jahre gealtert war. Sie wirkte ordentlich und gepflegt, Kleidung und Schuhe waren neu …

Michel musterte sie erstaunt. Nachdem er sie seiner Verlobten vorgestellt hatte, erzählte die alte Frau dem Paar in knappen Worten, was in den vergangenen zehn Jahren geschehen war.

»Ein Neffe, von dem ich glaubte, er sei im Krieg gefallen, hat mich gefunden und zu sich genommen, in ein abgelegenes Dorf. Inzwischen hat er es zu Geld gebracht, ist aber ein eingefleischter Junggeselle geblieben, sodass wir mehr als genug zum Leben haben.«

»Und warum sitzt du dann hier wie eine Bettlerin?«, fragte Michel. Neugierig verfolgte Eri jedes Wort der Unterhaltung.

»Ich bin aus zwei Gründen gekommen«, antwortete die Alte mit sanfter Stimme. »Erstens aus Sehnsucht. Nach zehn äußerst komfortablen Jahren hatte ich Lust, an den Ort zurückzukehren, an dem ich trotz allem glücklich war. Aber es gibt noch einen zweiten, wichtigeren Grund … Dieses Tuch.«

Eri und Michel blickten auf das feine blaue Stück Stoff, auf dem etwas geschrieben stand; mit weißem Faden hatte die alte Frau zehn Sätze hineingestickt.

»Ein Mäuschen hat mir erzählt, dass mein junger Freund eine Verlobte hat und Heiratspläne schmiedet.«

»Na ja«, erwiderte Michel errötend, »etwas in der Art haben wir vor, auch wenn wir beide nicht genug verdienen für ein eigenes Haus.«

»Das kommt schon noch«, entgegnete Herminia mit Bestimmtheit. »Hier habe ich ein Hochzeitsgeschenk für euch, das wichtiger ist als alle Reichtümer, die ihr je durch eurer Hände Arbeit anhäufen könnt. Hast du immer noch das Herz, mein Kind?«

Noch bevor Eri ihr antworten konnte, fuhr die Alte fort: »Was ich hier gestickt habe, ist eigentlich gar nicht für euch bestimmt, sondern für eure Kinder. Wenn sie zur Welt kommen, sollt ihr es in ihrem Zimmer aufhängen, damit sie stets den Weg des Herzens finden. Man braucht nämlich nicht zwischen Leben und Tod zu schweben, um das Wesentliche zu verstehen.«

Langsam stand Herminia auf und überreichte Eri, die zwei Handbreit größer war als sie, das Tuch, auf das sie die zehn Geheimnisse der Liebe gestickt hatte, jene Wahrheiten, die ihr zehn Jahre zuvor geholfen hatten, ein Herz aus Sternen zu nähen.

Michel und Eri breiteten das Tuch aus und lasen die Geheimnisse, die weder sie noch ihre Kinder jemals vergessen würden.

Die zehn Geheimnisse
der Liebe

I.
*Wenn du dich nicht in das Leben verliebst,
verliebt das Leben sich auch nicht in dich.*

II.
Liebe ist eine ständige Eroberung.

III.
In unserem Leben sind die Kinder unsere Lehrmeister.

IV.
*Mit der Wahl unserer Freunde wählen wir
unsere geistige Familie.*

V.
Tiere lehren uns, menschlich zu sein.

VI.
Die Natur ist unser erstes Zuhause.

VII.
Den Weisen erkennt man an all dem, was er liebt.

VIII.
In einem großen Herzen haben alle anderen Platz.

IX.
*Nicht was du bist, ist wichtig,
sondern was aus dir werden kann.*

X.
*Liebe soll man nicht nur schenken,
sondern auch ausdrücken.*

HIER ENDET DIESE GESCHICHTE UND BEGINNT WIEDER VON VORN

Liebe Leserin, lieber Leser,

wir danken Dir, dass Du uns auf dieser Reise durch die verschiedenen Dimensionen der Liebe begleitet hast.

Und übrigens: Wundere Dich nicht, wenn Du eines Tages nach Hause kommst und entdeckst, dass in Deiner Kleidung ein Stück Stoff fehlt.

Vielleicht ist es für eine gute Sache bestimmt.

ÀLEX ROVIRA UND FRANCESC MIRALLES

NACHWORT VON ÀLEX ROVIRA

Meine Tochter Mariona wurde mit einem schweren Herzfehler geboren. Nie werde ich die Worte des Arztes im Hospital de San Juan de Dios vergessen, der die Erstdiagnose stellte: »Wir wissen nicht, ob Ihre Tochter am Leben bleiben wird, aber falls ja, kann ich Ihnen nicht sagen, wie es mit ihr weitergeht.«

Es war drei Uhr morgens am Dienstag, den 26. Juli 2005, kaum eine Stunde, nachdem die Kleine den Bauch ihrer Mutter verlassen hatte.

Mariona war zwei Wochen früher als geplant zur Welt gekommen. Die Geburt wurde eingeleitet, weil bei einer Routineuntersuchung ihrer Mutter Mónica die Herztöne des Kindes kaum noch zu hören waren. Diese Routineuntersuchung hat Mariona das Leben gerettet. Ein paar Tage länger im Bauch, und sie wäre heute nicht unter uns.

Eigentlich hätte ich am 25. Juli für fünf Tage nach Japan fliegen sollen und wäre vor dem voraussichtlichen

Geburtstermin zurück gewesen. Die Ereignisse aber machten die Reise unmöglich.

Ich erinnere mich noch an die E-Mail, die ich meiner japanischen Verlegerin Naomi Saito schrieb. Darin teilte ich ihr mit, dass unsere Tochter schwer krank auf der Intensivstation liege, weshalb ich die Präsentation meines neuen Buches in Japan, wo *Die Fortuna-Formel* mit so viel Liebe und Begeisterung aufgenommen worden war, absagen müsse.

Fast vier Wochen verbrachten wir im Krankenhaus. In den ersten zwei Wochen war Mariona an etliche lebenserhaltende Geräte angeschlossen, die sie ernährten, Wasser aus ihrem Körper leiteten, ihre Atmung unterstützten und ihren Herzschlag überwachten.

Ich sah andere Eltern leiden, weil ihr Baby zwischen Leben und Tod schwebte.

Und ich erinnere mich an das Besuchsritual: Alle drei Stunden, Tag und Nacht, gingen wir zu unseren Kindern. Ich sehe uns noch sorgfältig unsere Hände und Arme waschen und Haarschutz, Kittel und Überschuhe anziehen, deren grüne Farbe sich mir tief eingeprägt hat. Ich erinnere mich an den Geruch der Intensivstation, an die Kinderkrankenschwestern, die Ärzte und ihre Visiten, das Piepsen der Apparate …

Aber vor allem erinnere ich mich an jene kleinen Wesen, zart und kostbar, die da um ihr Leben kämpften.

Noch heute frage ich mich oft, was wohl aus den Babys und ihren Eltern geworden ist. Und oft bete ich dafür, dass sie ihr Leid mit Kraft und Liebe überwunden haben und ihr Leben in Freude und Gesundheit genießen mögen.

Nach zwei kritischen Wochen stabilisierte sich Marionas Zustand plötzlich, und ihre langsame Genesung war nun unübersehbar. In der dritten Woche wurde sie von der Intensivstation auf eine angrenzende Station verlegt, wo ihr die liebevolle und fürsorgliche Betreuung jenes wundervollen Teams aus Ärzten und Pflegepersonal der Klinik San Juan de Dios zuteilwurde, für das mir stets die richtigen Worte des Dankes und der Anerkennung fehlen werden.

In dieser Zeit vom 26. Juli bis Ende August beschränkte sich mein Leben auf die ständigen Hin- und Herfahrten zwischen dem Krankenhaus und dem Haus meiner Schwägerin Ana Tarrés, die uns freundlicherweise bei sich aufgenommen hatte und bei der wir immer nur wenige Stunden schliefen, um Kraft zu tanken, bevor wir zu unserer Tochter zurückkehrten.

Als Mariona entlassen wurde, konnten wir endlich wieder nach Hause fahren. Ich erinnere mich noch, wie ich meinen Computer einschaltete, der einen Monat lang nicht in Betrieb gewesen war, und Hunderte von E-Mails eintrudelten. Ich überflog sie alle, aber nur bei einer hielt ich inne.

Sie stammte von Naomi Saito, der Leiterin des hervorragenden japanischen Verlags Poplar, der *Die Fortuna-Formel* in Japan herausgebracht hatte. Im Mailanhang hatte die Verlegerin Hunderte von Genesungswünschen für Mariona mitgeschickt, die von Verlagsangehörigen, Lesern und Freunden aus ganz Japan stammten.

Sie enthielten Worte der Anteilnahme und Gebete auf Japanisch, Englisch und Spanisch, Mut machende Worte, die unserer Tochter rasche Erholung von ihrer Krankheit wünschten. Es dauerte Tage, bis wir alles gelesen hatten. Nicht nur wegen der ungeheuren Menge an Mails, die Naomi und ihre Mitarbeiter erhalten hatten, sondern auch weil wir vor Rührung nur langsam mit dem Lesen vorankamen.

Ein paar Tage später klingelte es an der Tür. Mariona machte inzwischen gute Fortschritte, und obwohl sie uns hin und wieder Sorgen bereitete, nahm sie zu und wirkte von Tag zu Tag gesünder.

Als ich öffnete, überreichte ein Bote mir ein Päckchen. Es stammte ebenfalls von dem japanischen Verlag Poplar und enthielt einen kleinen Teddybären aus bunten Flicken, der in den Pfoten ein vierblättriges Kleeblatt hielt. Das kleine Stofftier war selbst genäht, das sah man sofort, von liebevoller, geschickter Hand, tadellos gelungen, hübsch und originell.

Zwischen Teddybär und Schachtel steckte ein Briefumschlag. Ich öffnete ihn und zog einen auf Japanisch geschriebenen Brief mit angefügter englischer Übersetzung hervor.

Dort stand:

Lieber Àlex und liebe Mónica,
wir haben uns gerade gefragt, ob es wohl ein Mädchen oder ein Junge geworden ist, als uns die traurige Nachricht von eurem kranken Kind erreichte.

Der Gedanke an das, was ihr jetzt durchmacht, erfüllt uns mit tiefem Kummer, besonders, weil auch unsere kleine Kokoro mit einer seltenen Krankheit zur Welt kam.

Während ich selbst damals starr vor Angst war, sagte mein Mann: »Auch wenn kein Zweifel besteht, dass unsere Tochter sterben wird – was bleibt uns anderes übrig, als an sie zu glauben?« Seine Worte hallen noch heute in meinem Inneren nach.

Meine ganze Familie hat dein Buch La brújula interior *gelesen. Du hast uns immer Kraft und Mut gespendet, und dafür sind wir dir zutiefst dankbar.*

Mit ganzem Herzen betet unsere Familie Suzuki für die baldige Genesung eures Babys.

Den kleinen Teddybären, den ihr in den Händen haltet, haben wir aus den Kleidungsstücken genäht, die unsere Tochter Kokoro während ihres langen Krankenhausaufenthaltes gleich nach ihrer Geburt trug. Ein Arzt hatte uns die Sachen geschenkt; er sagte, es täte ihm leid, die Kleine in den immer gleichen weißen Strampelhöschen zu sehen, die man den Neugeborenen im Krankenhaus anzieht.

Kokoro war in Japan das erste Mädchen, das mit dieser ausgefallenen Krankheit zur Welt kam. Aber sie hat sie überlebt. Und ich weiß, dass Kokoros Kraft und Stärke noch immer in der Kleidung stecken, die sie damals warm hielt und aus der dieser kleine Stoffteddy entstanden ist.

Kokoro, Sara und ich haben ihn gemeinsam genäht, und mein Mann hat uns dabei geholfen. Das vierblättrige Kleeblatt haben meine Töchter gefunden.

Bitte bewahrt den Teddy in Liebe auf.

Euer Baby kämpft ums Überleben. Wir beten dafür, dass es so schnell wie möglich gesund wird.

ATSUKO SUZUKI

Ich konnte einfach nicht aufhören zu weinen. Mónica saß neben mir und fragte mich, was denn in dem Brief stünde. Ich reichte ihr stumm den Bogen Papier.

Mir fehlten die Worte.

Mónica las die Zeilen und war genauso tief ergriffen wie ich.

Dank einer wunderbaren Initiative meiner japanischen Verlegerin haben wir später Atsuko Suzuki und ihre gesamte Familie kennengelernt. Nach dem Riesenerfolg, den *Die Fortuna-Formel* in Japan erlebt hatte, beschloss

Poplar, einen Erzähl-Wettbewerb auszuschreiben. Die Millionen Leser des Buches wurden aufgefordert, »Geschichten über Glücksfälle« zu schreiben. Sie sollten schildern, wie sich das Buch auf ihr Leben ausgewirkt hatte, und ihren Text an den Verlag schicken. Der wollte die besten Geschichten zu einem Buch zusammenfassen und veröffentlichen. Außerdem winkten den Gewinnern eine Reise nach Barcelona und eine Begegnung mit den Autoren.

So kam es, dass Atsuko die Geschichte von Kokoro niederschrieb, die heute eine junge Frau ist. Sie erzählte davon, wie Kokoros Lebenseinstellung sich nach der Lektüre von *Die Fortuna-Formel* verändert hatte, wie sie an innerer Stärke gewonnen und sich der Herausforderung eines Lebens mit der Krankheit gestellt hatte.

Ich weiß noch, dass ich bei meiner ersten Begegnung mit Kokoro und ihrer Familie das Gefühl hatte, einen Engel vor mir zu haben. Einen ganz besonderen Menschen voller Licht und Liebe. Gewiss ist es kein Zufall, dass Kokoro auf Japanisch »Herz« oder »Seele« bedeutet. Es ist ein passender Name für diese junge Frau mit dem ruhigen, tiefgründigen Blick.

Das Schicksal hatte uns zusammengeführt, und in dem Teddybären begegnete mir die Großherzigkeit von Kokoro, ihrer Schwester Sara und ihren Eltern, die ihn aus den Babysachen genäht hatten, die Kokoro in ihren ersten Lebenstagen trug. Dank der wundervollen Geste eines Arztes, der den Eltern der Kleinen in ihrem Schmerz und ihrer Ungewissheit mit den bunten Strampelhöschen Hoffnung machen wollte.

Jeder gibt, was er bekommt.
Dann bekommt er, was er gibt.
Nichts auf der Welt ist einfacher.
Nur diese Regel hat Gültigkeit.
Nichts geht verloren.
Alles verwandelt sich.

So lauten die Zeilen des Liedes *Todo se transforma* (*Alles verwandelt sich*), das der Musiker Jorge Drexler geschrieben hat. Es ist eines der schönsten Lieder, die ich je gehört habe. Im Geiste von Jorges Aphorismus ist auch dieses Buch entstanden. Eines Tages erzählte ich Francesc Miralles, meinem engen Freund und Mitautor des vorliegenden Textes, von dieser Geschichte, und wir beschlossen, gemeinsam dieses Buch zu schreiben. »Ich würde gern eine Geschichte erzählen«, sagte ich zu Francesc, »in der es um die wichtigsten Dimensionen der Liebe geht. Eine Geschichte aus Fragmenten der Liebe, gewidmet der Hoffnung, der Schönheit und der Selbstlosigkeit, ein Buch für Menschen mit großem Herzen. Sie sollte auf einer Liebesgeschichte basieren, die in Japan beginnt und in Spanien endet.«

Heute, fünf Jahre später, hältst du, liebe Leserin, lieber Leser, dieses Buch in der Hand.

Der Sternenfänger ist eine Hommage an die vielen Menschen, die mich seit damals das Lieben gelehrt haben. Ganz besonders möchte ich den folgenden danken:

✩ der Familie Suzuki für ihr Vorbild und ihre Großzügigkeit,

✩ dem Verlag Poplar, insbesondere seinen wunderbaren Mitarbeitern Sakaisan, Nomurasan und Saitosan, für all ihre Energie, ihre Kraft und ihr Können, die in jedem Buch stecken, das ich in meinem geliebten Japan veröffentlicht habe,

✩ vor allem aber den Menschen, die sich anderen Menschen widmen, die trotz Schmerz, Kummer, Leid und Krise ihr Bestes geben, jenen Menschen, die uns wie Sterne leuchten auf unserem Lebensweg,

✩ den Menschen, die unsere Herzen mit Licht, mit Sternen füllen.

Dieses Nachwort wäre unvollständig, wenn ich nicht noch etwas Wichtiges anfügen würde, was mich damals auf der Intensivstation, auf der unsere Tochter drei Tage nach ihrer Geburt eine Herzattacke erlitten hatte, zutiefst beeindruckt hat.

Ein Arzt betrat das Krankenzimmer und ging zu einem der Neugeborenen, dem wohl zartesten Wesen von allen, die dort lagen. Ich erinnere mich, dass es eine Frühgeburt war, winzig klein und ungeheuer zerbrechlich. Es lag in einem Brutkasten und war an etliche Schläuche und Kabel angeschlossen. Der Arzt prüfte sämtliche Überwachungs- und Versorgungsgeräte, um zu sehen, ob alles in Ordnung war.

Nach abgeschlossener Kontrolle krempelte er sich die Hemdsärmel hoch und setzte sich neben dem Brutkasten auf einen Stuhl. Äußerst behutsam schob er seine Arme hinein, begann, die Schläfe des Kindes zu streicheln, und sang dabei ganz leise ein sanftes Schlaflied …

Selten habe ich so fest an die Menschen geglaubt wie damals.

Diese Geste der Zuneigung zum kämpfenden Leben. Dieses zarte Lied aus dem Mund eines gestandenen Mannes. Dieser angesehene Mediziner mit seinem grauen Haar, der seine Arztrolle vergaß, um in einer zutiefst menschlichen Regung Liebe zu schenken. Was er tat, war die beste Medizin für das kleine Wesen, das mich gerührt hat wie selten etwas in meinem Leben.

Auch ihm, dessen Namen ich nicht kenne, und seinem Zeugnis der Menschlichkeit, Zärtlichkeit und Liebe, die in seiner Geste zum Ausdruck kamen, soll dieses Buch gewidmet sein.

Und dir, liebe Leserin oder lieber Leser, denn dass du diese Zeilen liest, ist kein Zufall. Ich widme diese Erzählung deinem Herzen, das gewiss auch voller Sterne ist.

Ganz herzlich, *domo arigato gozaimasu*[*],

          ÀLEX ROVIRA CELMA

---

[*] »Vielen Dank« auf Japanisch

ca. 224 Seiten
ISBN 978-3-424-35114-9
Auch als E-Book erhältlich

Toni ist in den Rocky Mountains unterwegs, um die Asche seines verstorbenen Bruders zu verstreuen. Er gelangt an einen Felsvorsprung, der bei Selbstmördern beliebt ist. Ganz in der Nähe lebt zurückgezogen Kosei-San, ein alter Japaner. Er möchte alle, die dort stehen, davon abbringen, sich in die Tiefe zu stürzen. Und so lädt er Toni zu einer Tasse Tee ein. Was folgt, ist ein wunderbares Gespräch über den Sinn des Lebens.

160 Seiten
ISBN 978-3-424-35110-1
Auch als E-Book erhältlich

Eine bezaubernde Geschichte voller Weisheit und Liebe – für Jung und Alt.
Juno träumt sich durch ihre Kindheit und fühlt sich oft einsam und unverstanden. Als junge Frau zieht sie in die schielende Stadt und lernt dort den kauzigen Goldschmidt Mr. James kennen. Er ermahnt sie, ihr Leben nicht bloß zu verträumen, sondern mutiger zu sein und die Wunder der Welt zu entdecken. Also bricht sie auf zu einer magischen Reise rund um den Globus und findet den Weg zu sich selbst.